사르비아 총서 · 636

마음의 파수꾼

F. 사강 지음 | 방곤 옮김

범우사

차 례

이 책을 읽는 분에게 · 5

마음의 파수꾼

　　1부　　· 11
　　2부　　· 21
　　3부　　· 35
　　4부　　· 42
　　5부　　· 53
　　6부　　· 64
　　7부　　· 73
　　8부　　· 85
　　9부　　· 98
　　10부　· 112
　　11부　· 124
　　12부　· 130
　　13부　· 141
　　14부　· 153
　　15부　· 167
　　16부　· 179

연보 · 189

이 책을 읽는 분에게

작가에 대하여

프랑수아즈 사강(Françoise Sagan, 1935~2004, 프랑스의 여류 소설가·극작가)은 1935년에 남프랑스에 있는 카자르크의 부유한 가정에서 성장했고 소르본대학을 중퇴했다. 열아홉 살 때에 발표한 《슬픔이여 안녕》이 전례 없는 베스트셀러가 되어 문단에 데뷔, 그 해에 문학비평상을 받았다. 현대 프랑스에서 가장 많은 독자를 가진 작가의 한 사람으로서 활발한 활동을 펼쳤는데, 남녀 간의 섬세한 심리를 담담한 필치로 미묘한 분위기를 자아내면서 묘사하는 그의 작품은 세계 각국에 커다란 반향反響을 불러 일으켰다.

한 작가가 선풍적인 인기를 한몸에 받았던 처녀작을 내놓고 난 후에는 그 다음 작품을 발표하기가 힘든 법인데, 사강은 스물한 살 때 내놓은 후속작 《어떤 미소》로 또다시 세계적으로 갈채를 받는 행운의 작가가 되었다.

전후戰後 프랑스 문단에 요정처럼 등장했던 사강은, 초반에 통속 작가라는 불명예스러운 소리를 듣긴 했지만,《스웨덴의 성》을 비롯, 여러 편의 희곡까지 발표하여 이미 작가의 폭넓은 작품세계를 충분히 과시하기도 했다.

사강처럼 일찍이 데뷔하여 작가로서의 재능을 꾸준히 인정받는다는 것은 부러운 일이 아닐 수 없다.

그러나 두 번의 마약 복용 혐의와 말년의 탈세 사건 등은 그녀의 생기 발랄한 작품 세계를 잊혀지게 하는 것은 아닌지 하는 안타까운 마음이 들게도 한다.

물론, 그렇다고 해서 지금까지 그녀가 보여준 문학 세계가 폄하되지는 않을 것이다. 여전히 그녀는 최고의 작가다.

마음의 파수꾼 Le garde du coeur

이 작품에 등장하는 주인공은 40대의 여인으로 젊음을 유지하면서 나이와 세월을 의식하고 있는 도로시와 정신적인 사랑을 갈망하는 20대의 젊은 남자 루이스다.

루이스가 자동차 사고를 계기로 도로시의 집에서 살게 되면서 그들 간에는 미묘한 관계가 성립된다. 물론 도로시에게는 결혼할 애인이 있으나, 루이스는 연상의 여인 도로시 곁을 떠나지 못하고 계속 집요하게 접근하며 살인까지도 서슴지 않고 행하게 된다. 그의 도로시에게로 향한 정신적인 사랑은 그를 극히 비현실적이고, 환상적인 세계로 몰아넣는 반면에 이 세상의 각박한 이해관계에서 초탈해 있는 사람 같은 인상을 주기도 한다.

작가 사강은 루이스의 모습을 통해 현대인의 갈피를 잃은 사랑의 갈증을 적나라하게 묘사해 주고 있다.

사강의 소설에 흔히 보이는 요소인 LSD(환각제), 위스키, 고급자동차, 파티 등이 이 작품에서도 많이 보이고 있으나 다른 작품에서와 마찬가지로 행복의 추구가 작품의 배경 속에서 큰 비중을 이루고 있는 것이다. 물론 현대 사회가 제공하는 첨단적인 생활양식, 또는 퇴폐적인 사고방식 같은 것이 이 소설의 주인공들의 체취와 분위기 속에 담겨 있는 것은 틀림없는 사실이다.

하지만 그들의 내면에는 그것에만 만족하지 못하고 새로운 차원의 행복을 얻고자 하는 치열한 모색과 꾸준한 추구가 충만되어 있다.

그렇게 함으로써 주인공들의 면목은 진부하지 않고 늘 새로울 수가 있는 것이다.

옮긴이

마음의 파수꾼
Le garde du coeur

물에 거품이 있듯 땅에 거품이 있으니……
맥베스 1막 3장

1

할리우드 부근 샌타모니카 해변의 도로는 윙윙 달리는 폴의 재규어 승용차 밑으로 곧고 바르게 뻗어 있었다.

날씨는 덥고 눅눅했으며 대기는 휘발유와 밤의 냄새를 풍겨 주었다. 폴은 150마일로 달리고 있었다. 그의 옆모습은 과속으로 달리는 사람들 특유의 방심한 표정을 짓고 있었다. 그리고 손에는 운전수들이 끼는 손가락 마디가 기묘하게 뚫린 장갑을 끼고 있었다. 나는 그 모양이 약간 아니꼽게 느껴졌다.

내 이름은 도로시 세이머다. 나이는 마흔다섯 살. 얼굴 모습은 다소 피로에 지쳐 있다. 사실 내가 걸어온 인생이라는 것이 그럴 수밖에 없었으니까 말이다.

나는 시나리오 작가다. 그렇게 이름이 없는 것도 아니고—그리고 아직도 남자들은 나를 매우 좋아한다. 그것은 아마 내가 그들을 좋아하니까 그럴 것이다.

나는 할리우드에 수치를 끼친 한 이단자다. 스물다섯 살 때에 어느 지적인 영화에 출연하여 큰 성공을 거두었다. 스물다섯 살하고 6개월이 지났을때, 나는 어느 좌익계 화가와 함께 영화 출연으로 번 돈을 쓰기 위해 유럽으로 갔었다. 그리고 스물일곱 살 때에는 이름도 없어지고 돈 한 푼 없이 소송만 몇 개 걸려서 다시 고향인 할리우드로 되돌아왔다.

나는 할리우드에서 지불 능력이 없다는 이유로 소송이 일단락되었다. 그 대신 나는 그 회사의 시나리오 작가로 채용이 된 것이다. 그 화려했던 내 이름은 의리 없는 군중들에게 이제는 아무 인상도 주지 못했다. 나는 그렇게 되는 것이 오히려 좋았다. 사인이며, 사진사들 그리고 인기 같은 것은 벌써 염증이 나 있었기 때문이다. 나는 어느 인디언의 추장들처럼 '가능성이 있었던 여자'로 끝나 버린 셈이다.

그런데 게다가 나는 건강했으며 상상력도 풍부했다—그 두 가지는 모두 아일랜드계의 조부에게서 물려받은 재산이었다―그래서 나 자신도 놀랄 만큼 내가 쓴 바보 같은 얘기가 영화화되어 돈을 꽤 많이 벌었으며, 마침내 나는 어느 정도의 이름도 얻게 된 것이다.

이를테면 나는 RKB회사의 사극영화들을 심심찮게 계약하게 되었고 꿈에서 나는 때때로 클레오파트라가 가슴 아프게 나에게 이렇게 말하는 것도 듣곤 했다.

"부인, 난 시저에게, 가겠어요. '오, 내 마음의 군주여!' 라고는 말하지 않겠어요."

그런데 그날 밤, 내 마음의 아니, 작으나마 내 육체의 군주는 폴 브레트가 될 판이었다. 그러나 나는 그 이전에 벌써 권태로운 생각이 들었던 것이다.

하지만 폴 브레트는 굉장한 미남자다. 그는 RKB와 그 외의 여러 영화회사의 이해관계를 대표하는 사람이다. 마치 그는 그림에서처럼 멋지고 경쾌한 남자다. 우리 세대의 요부 역의 여배우로서 가장 유명한 파믈라 크리스와 루엘라 수림프 등, 10년 동안이나 스크린에서 뭇 사나이들의 재산과 그들의 마음과 파이프를 휘어잡아 온 그 여자들도 폴 브레트에게 홀딱 반했다가는 사랑이 깨어지게 되자 눈물을 흘리며 떨어져야 할 정도였으니까. 그만큼 폴은 화려한 이력을 지니고 있었다. 그런데 그러한 실정임에도 불구하고 그날 밤 나의 눈에는 그가 한낱 평범한 마흔 남짓의 금발의 남자로밖에는 보이지 않았다. 그것은 어처구니없는 일이었다. 그러나 나는 그를 따르지 않을 수 없었다. 꽃과 끊임없는 전화와 암시와 여럿이 몰려다니는 일로 한 주일을 보내고 나면, 내 나이쯤의 여자로서는 남자를 따르지 않을 수는 없다. 적어도 내 고장에서는 그렇다.

나는 그날 낮에 도착했었다. 그리고 우리는 140마일로 새벽 두 시에 호화롭지 않은 내 집을 향해 도망쳤다. 그래서 나는 그날만은 한 개개인의 활동 속에서 성적인 만남이 중요한 위치를 차지하고 있다는 것이 뼈져리도록 슬프게 느껴졌다.

나는 잠이 왔다. 실은 그 전날부터, 아니 사흘 전부터 졸렸었다. 그러나 그때엔 이미 나에게는 잠을 잘 권리조차 없었던 것이다. 폴이 따뜻하게 "물론 말이오, 여보!" 하는 말 대신에 급기야는 "도로시, 무슨 일이 있었지? 다 내게 얘길 해야지……" 하는 소리를 들어야만 했기 때문이다. 그러면 나는 냉장고에서 얼음을 꺼내고 스카치 병을 찾아 얼음 소리를 유쾌하게 내며 폴에게 잔을 내민다. 그리고 볼레드 고다르처럼 거실의 커다란 장의자에 포근한 자세로 누워야만 했다. 그러면 폴이 내게로 와서 키스를 한 다음 심각한 얼굴로 "어쩔 수 없었어, 안 그러오?" 하고 말할 테니까. 그렇다, 어쩔 수 없었던 것이다. 나는 크게 한숨을 쉬고 있었다. 그러자 폴은 숨막히는 듯한 소리를 냈다.

헤드라이트의 불빛 속으로 미친 사람처럼, 아니면 전에 내가 프랑스의 들판에서 본 일이 있는 짚으로 된 수족이 따로 노는 허수아비같이, 한 사나이가 불쑥 떠오르며 우리 앞으로 쓰러졌다. 폴은 뛰어나게 급정거를 잘한다는 사실을 말해두어야겠다. 그는 필사적으로 브레이크를 밟아 차와 그의 아름다운 동반자를—그게 바로 나였지만—오른쪽 도랑 속으로 처박았다. 나는 잠시 눈앞이 아찔했다. 다시 정신이 들고 보니 나는 코를 풀밭에 박고 손에는 핸드백을 쥐고 있었다. 어디에서고 핸드백을 잘 잃어버리던 내가 그것을 쥐고 있었다니 참 이상한 일이었다.

'도대체 어떤 반사작용으로 내가 죽었을지도 모를 그런 위험한 사고를 당하면서도 그 백을 쥐고 있었다는 것은 아무래도 모를 일인데.' 아무튼 폴이 다정하게 걱정스러운 듯한 목소리로 내 이름을 부르는 소리가 들려왔다. 그 소리에 나는 그가 죽지 않았다는 사실에 일단 마음이 놓이자 사르르 눈이 감기며 맥이 풀렸다.

그 미친 사람은 아무 일도 없었다. 그리고 나도 폴도 다친 곳은 없었다.

여러 가지 필요한 뒷처리도 있고 또 충격도 받아서 다행히 그날 밤은 나 혼자서 잘 수 있는 기회가 생겼다.

나는 다 죽어 가는 목소리로 "폴, 다 잘 되겠지요?" 하고 중얼거리고는 풀밭에 편안하게 주저앉아 버렸다.

"고마워!" 하고 폴은 크게 외마디 소리를 냈다. 그는 그와 같은 낭만적인 낡은 표현을 즐겨 썼다.

"고마워, 당신이 아무렇지도 않았으니 말이야. 난 정말이지, 순간적으로……."

나는 그가 순간적으로 어떤 생각을 했는지 모른다. 그 순간이 지나자 요란한 소음 속에서 우리 둘은 꼭 부둥켜안은 채 10미터쯤 굴러 떨어졌으니까. 귀가 멍멍하고 눈앞은 캄캄했지만 나는 약간 흥분해서 차가 불타는 것을 보려고 그의 팔에서 빠져나왔다.

그것은 마치 횃불 같았다. 그것도 아주 활활 타오르는 횃불처럼 보였다. 나는 그를 위해서 그렇게 타길 바랐던 것이다. 이번에는 폴이 몸을 일으켰다.

"어휴…… 휘발유가……."

하고 그는 말했다.

"아직도, 뭐 폭발할 것이 있어요?"

나는 아직 기분이 차분히 가라앉지도 않은 채 이렇게 물었다.

나는 그때, 문득 그 미친 사람의 생각이 떠올랐다. 바로 그 순간 그 사람이 불에 타고 있을지도 모를 일이었다. 나는 갑자기 일어났다. 일어나면서 보니 내 양말이 벗겨져서 한길 쪽으로 흩어져 있었다. 폴도 내 뒤를 따랐다.

머캐덤식* 도로 위에 불길이 닿지 않는 곳으로 그림자 하나가 길게 뻗어 있었다. 그림자는 꼼짝 안 했다. 나는 처음에는 불에 그을려 다갈색으로 된 갈색 머리밖엔 보지 못했다. 나는 계속해서 그의 몸을 아무렇지도 않게 다시 살펴볼 수 있었다. 그러자 마치 어린애 같은 한 사나이의 얼굴이 드러났다.

나라는 여자를 우선 충분히 이해해 주어야 한다. 나는 나이 어린 청년들을 사랑해 본 일이 없었으며 지금도 그렇고 앞으로도 그럴 것이다. 유럽에서는 나이 많은 여자들의 애인인 나이 어린 청년들을 이른바 '고양이 새끼'라고 부르고 있다. 그런데도 그들의 인기가 나날이 높아가고 있는 것이―특히 내

---

* 토목 관련 용어로 발명가의 이름을 따왔다. 도로를 만들 때 다지는 방식의 일종으로 돌부스러기나 자갈 등에 아스팔트를 섞어 쓰는 것을 말한다.

친구들 사이에서 그렇지만—나로서는 늘 이상하게 생각되었다. 거의 프로이트적이었다. 말과 하는 행동이 어린 그러한 불량소년들이 스카치 위스키 냄새가 물씬물씬 나는 손위의 여자들 품안에 안긴다는 것은 말이 안되는 꼴불견이었다.

그런데 불길이 환하게 비추는 한길 위에서 다시 한 번 본 그 얼굴, 젊기는 하지만 이미 옹글고 굳은 그 얼굴은 나에게 이상한 감동을 주었다. 나는 당장에 그를 피해서 달아나고 싶은 충격과 그를 가만히 흔들어 주고 싶은 충동을 동시에 느꼈다. 내게는 모성애의 콤플렉스는 없다. 사랑하는 내 딸은 결혼을 잘해서 여러 아이를 낳고 파리에 살고 있지만, 여름에 내가 리비에라에서 한 달쯤 보낼 생각이 들 때마다 늘 자기 아이들을 나에게 맡길 생각을 했다. 그런데 다행히도 나는 혼자 여행하는 일이 거의 없었기 때문에 내가 어미 노릇 못 하는 까닭을 항상 그런 공동생활의 예의 문제로 돌릴 수 있었다.

다시 얘기를 그날 밤과 루이스에게 돌려 보자. 그날 밤의 그 미친 남자, 허허벌판의 허수아비 같던 남자, 정신을 잃은 그 남자, 그 아름다운 얼굴의 주인공의 이름은 루이스였다.

잠시 동안 나는 그 앞에서 그의 심장에 손도 갖다 대지 못하고, 그가 살았는지 죽었는지도 확인하지 못한 채 꼼짝 않고 서 있었다. 그를 보자, 그가 살았건 죽었건 그것이 내게는 그다지 큰 문제가 아니었으나 분명히 미묘한 감정이었다. 그리고 나는 그 감정을 나중에는 가슴 아프도록 후회하지 않을 수가 없었지만 그렇다고 남들이 생각하는 상식적인 뜻에서는 아니었다.

"이게 누구야?"

폴이 준엄하게 물었다.

할리우드 사람들에게 놀랄 만한 점이 있다면 그것은 덮어놓고 모든 사람을 알고 싶어하거나 또는 알아보려는 괴벽이 있다는 것이다.

폴은 자기가 한밤중에 까딱하다간 칠 뻔 했던 그 청년을 이름으로 부를 수 없는 것이 못마땅했던 것이다.

나는 흥분해서 말했다.

"폴, 우리는 지금 칵테일 파티에 와 있는 게 아니에요. 이 사람 크게 다치지 않았을까요?"

그 알지 못하는 사나이의 머리 밑과 손 위로 흘러내리는 갈색의 액체는 피였다.

나는 또한 그 피가 따뜻하고 끈적끈적하게 손에 붙는 것에 말할 수 없는 부드러움을 느꼈다. 폴은 나와 그 사나이를 동시에 보았다.

"내가 치진 않았는데……"라고 그는 중얼거렸다. "치지 않은 건 확실해. 아마도 차가 폭발할 때 파편에 맞았을 거야."

폴은 일어섰다. 그의 목소리는 조용하면서도 단호하였다. 그때 나는 루엘라 수림프가 흐느끼며 울던 것을 어렴풋하게 이해하기 시작했다.

"도로시, 당신은 움직이지 말아요. 내가 가서 전화하고 올게."

그는 멀리 시커멓게 보이는 집들이 있는 쪽으로 성큼성큼 걸어갔다. 나는 죽을지도 모르는 그 미지의 사나이 곁에 무릎을 끓고 미묘한 감정에 싸여 혼자 한길에 남아 있었다. 그때 갑자기 그 사나이가 눈을 떴다. 그는 나를 보자 미소를 지었다.

2

"도로시, 정말이지 당신 미쳤어?"

그런 말은 내가 가장 답변하기 어려운 물음 가운데 하나다. 그런데 그 질문을 내게 한 것이 바로 폴이었다. 어두컴컴한 푸른색의 깔끔한 플란넬 웃도리를 입은 폴이 굳은 얼굴로 나를 쳐다보다가 이렇게 말한 것이다.

우리는 우리 집 테라스에 앉아 있었다. 나는 헌 리넨 바지에 퇴색한 꽃무늬가 있는 잠바를 입고 머리에는 스카프를 덮어쓴 것이 마치 정원사의 옷차림과 꼭 같았다. 나는 내가 정원을 손질해 본 일이 있어서가 아니라―나는 전지용剪枝用 가위만 보아도 무서우므로―가끔 변장하는 몸차림을 좋아하기 때문이었다.

그래서 토요일이면, 나는 내 이웃사람들과 똑같이 정원 가꿀 때의 옷차림을 한다. 하지만 잔디를 깎거나 제멋대로 자라는 화단의 풀들을 뽑지는 않고 다만 테라스에서 손에는 책을 들고 또 커다란 위스키 잔을 앞에 놓고 앉아 있는 것이었다. 폴이 여섯시에서 여덟시 사이에 갑자기 나를 찾아왔을 때에도 나는 그렇게 하고 있었다.

나는 죄의식과 소외감 같은 것을 느꼈다. 이 두 갈래 감정은 거의 비등하게 난폭한 감정이었다.

"모두들 지난번 당신이 시내에서 상식을 벗어난 짓을 했다고 떠드는 걸 알고 있지?"

"모두들이요, 모두들……."

나는 믿을 수 없다는 듯 담담한 표정으로 말했다.

"아냐, 그래, 그 소년은 여기서 뭘 하고 있지?"

"그 청년은 이제 정신이 들었어요. 폴, 정신이 들었단 말이에요. 그렇지만 다리를 많이 다쳤지 않아요? 게다가 당신도 알다시피 그 사람은 돈 한 푼 없고 가족도 없는 외톨박이란 말이에요."

풀은 숨을 크게 쉬었다.

"도로시, 내가 걱정하는 게 바로 그 점이지. 한데 그 비트족* 청년이 우리 차 밑으로 쓰러졌을 때, 그 녀석은 환각제를 잔뜩 먹었다는 사실을 알아야 해."

"그렇지만 폴, 그 사람이 제 입으로 당신한테 설명을 했지 않아요. 작은 알약을 몇 알 먹었더니 차가 차로 보이질 않더라고 말이에요. 그는 헤드라이트를 그만……."

폴은 금세 얼굴을 붉혔다.

"나는 그깟 녀석이 하는 말은 믿지도 않아. 그 병신 녀석,

──────────
* beat generation. '패배의 세대'라는 뜻으로 1950년대 중반 샌프란시스코와 뉴욕을 중심으로 대두된 보헤미안적 예술가들의 그룹을 지칭한다.

그 깡패 같은 조그만 친구 때문에 하마터면 사람을 죽일 뻔했잖아? 한데, 그런 지 이틀째가 되는 날에 그 자식을 당신 집으로 끌어들이다니! 당신이 그 자식에게 손님 방을 내주고 밥을 갖다 주다니! 그 녀석이 그러다가 언젠가는 당신을 풋내기 어린앤줄 알고 죽일지도 모르지 않아? 아니면 또 누가 알아? 혹시 당신 보석이라도 가지고 도망칠지?"

나는 그 말에 반박을 했다.

"폴, 아무도 나를 어린애로 보지 않는단 말이에요. 그리고 내 보석들이라는 게 모두가 다 싸구려니까 돈이 되지도 못해요. 아무튼 그 사람을 길에다 버려 둘 순 없었어요. 그것도 몸도 제대로 가누지 못하는 사람을……."

"아니, 병원에다 그냥 놔두었으면 됐지 않아?"

"그 사람은 병원이 소름 끼쳤던가 봐요. 그리고 그 병원, 사실이 그렇지 않아요."

폴은 낙담한 듯이 내 앞의 등의자에 가 앉았다. 그는 자연스럽게 내 잔을 들어 반쯤 마셨다.

나는 기분이 나빴지만 그가 하는 대로 내버려 두었다. 그는 흥분한 빛이 역력히 드러난 채 이상한 눈으로 나를 쳐다보더니 "정원을 가꾼 거요?" 하고 물었다.

나는 그렇다는 표시로 여러 번 고개를 끄덕여 보였다. 어떤 사람들은 상대방에게 굳이 거짓말을 시키면서 그것을 확인하는데, 그것은 재미있는 일이다. 토요일의 그 죄 없는 나의 행위를 폴에게 설명할 수는 도저히 없었다. 말을 했더라면 그는 아마 나를 미쳤다고 여러 번 비난했을 것이다. 그러나 난 그의 생각이 과연 옳은지 그른지를 곰곰히 생각해 보기 시작했다.

"그런 것 같지는 않은데."

폴은 정원을 슬쩍 훑어보더니 내게 이렇게 말을 건넸다.

과연 나의 정원은 구석구석이 그대로 정글 같았다. 그렇지만 나는 벌컥 화를 냈다.

"하는 데까지만 한 거예요!"

"머리엔 그게 뭐요?"

나는 나도 모르게 손을 머리 위로 가져갔다. 머리에서 나뭇잎처럼 얇고 하얀 대팻밥 두세 개가 뽑혀서 나왔다. 나는 당황했다.

"대팻밥이로군요."

하고 나는 말했다.

"그건 나도 알지—." 폴이 퉁명스럽게 말했다. "게다가 땅바닥에도 대팻밥이 많이 깔려 있고, 정원 가꾸는 것 외에 대패질도 하는구려?"

바로 그때에 하늘에서 가벼운 대팻밥이 하나 날아와서 폴의 머리 위에 떨어졌다. 나는 얼른 위를 올려다보았다.

"참! 그렇군요" 하고 나는 말했다. "알았어요. 루이스가 자기 방에서 심심하니까 나무로 얼굴을 조각하고 있는 거예요."

"그래서 이렇게 껍질들을 창밖으로 멋있게 날려 보내는군.

그것 참 멋있는데."
 나도 약간은 신경이 쓰이기 시작했다.
 루이스를 집에 데려다 놓은 것이 잘못이었는지도 몰랐다. 그러나 어쨌든 그것은 인정상 임시로 아무 생각 없이 한 노릇이었다. 게다가 폴은 나를 간섭할 아무런 권리가 없는 처지다. 그래서 나는 마음을 단단히 먹고 그것을 그에게 직선적으로 말했다. 그러자 그는 나에게 자기는 모든 지각 있는 남자들이 철부지 여자에게 가할 수 있는 권리, 이를테면 여자를 보호하며 시시한 일들을 막을 권리는 있다고 대답했다.
 한동안 우리는 서로 옥신각신 다투다가 그는 화가 나서 가 버렸다.
 나는 미지근한 위스키 한 잔을 앞에 놓고 짓누르는 듯한 피로를 느끼며 등의자에 혼자 남아 있었다. 저녁 여섯시가 되었다. 제멋대로 잡초가 무성한 잔디밭에 벌써 뉘엿뉘엿 그늘이 지고 있었다. 그날 저녁은 쓸쓸하게 되어버렸다. 폴과 싸웠기 때문에 그날 밤에 같이 가기로 약속했던 파티에도 못 가고 말았다. 그날 밤, 나에게 남은 것이라고는 언제 보아도 재미없는 텔레비전과 루이스에게 저녁을 올려다 주면 루이스가 배 아파 하는 소리를 내곤 하는 일이 있을 뿐이었다.
 그처럼 나는 조용한 사람을 일찍이 본 일이 없었다. 그는 사고가 나던 다음 다음 날, 병원을 떠나겠다는 결심을 분명하게 밝혔으며 내 집에 와 있으라는 내 뜻을 아무렇지도 않게 받아들였다. 그날 나는 기분이 아주 좋았다. 어쩌면 지나치게 좋아했는지도 모른다. 그런 일은 극히 드문 일이지만, 모든 남자들이 나의 형제와 자식들처럼 생각되어 꼭 그들을 돌봐주어야만 할 것 같은 느낌에 혼자 흐뭇해했던 것이다.

그가 병원에서 나온 후로 나는 루이스를 먹여 살린 셈이다. 그는 내 집에서 다리와 붕대만 제 손으로 갈아댈 뿐 침대에 힘없이 누워만 있었다. 그는 책도 읽지 않고 라디오도 듣지 않았다. 그는 가끔 내가 정원에서 올려다 주는 죽은 나뭇가지로 이상한 물건을 만들곤 했다. 그렇지 않으면 무감각한 얼굴로 집요하게 창밖만 내다보았다. 그래서 나는 그가 정말로 백치가 아닌가 하는 생각이 들곤 했다. 그리고 그러한 생각은 그의 외모로 인하여 더욱더 로맨틱하게 느껴졌다. 종종 내가 조심스럽게 그의 과거와 앞으로의 목표와 그의 생활에 대해서 물어보면 그는 항상 "재미있는 게 못 됩니다"라고만 대답할 뿐이

었다.

어느 날 밤, 그는 우리가 몰고 가던 차 앞 한길 위에 쓰러져 있었는데 그의 이름은 루이스, 우리가 아는 것은 그것이 전부였다. 요컨대, 나로서는 그 편이 훨씬 편했다. 나는 얘기하는 것을 몹시 피곤해했지만 어찌된 일인지 사람들은 늘 나에게 그 얘기를 면하게 해주지 않았으니까.

그래서 나는 부엌으로 들어가 통조림으로 맛있는 저녁을 급히 마련해서 계단을 올라갔다. 나는 루이스의 방문을 노크하고 안으로 들어간 뒤 그의 침대 위에 쟁반을 내려놓았다. 침대에는 대팻밥이 너저분했다. 나는 그 대팻밥 하나가 폴의 머리 위에 떨어졌던 일을 생각하고 웃기 시작했다.

루이스는 당황한 표정으로 눈을 들었다. 고양이같이 올라간 눈이 검은 눈썹 밑에서 새파랗게 빛나고 있었다. 나는 그 눈을 볼 때마다 그 눈 하나만으로도 콜롬비아영화사에서 계약을 하자고 덤빌 것이라는 생각을 불쑥 하곤 했다.

"웃으시는군요."

그의 목소리는 낮고 약간 쉰 듯했으며 주저하는 빛이 엿보였다.

"조금 아까 창문으로 떨어진 당신의 그 대팻밥 하나가 폴의 머리에 떨어졌기 때문에 그가 화가 났었는데, 그 생각이 나서 웃은 거예요."

"그것이 그 분을 몹시 아프게 했나요?"

나는 얼핏 그를 쳐다보았다. 그 말은 그가 처음으로 던진 농담이기 때문이다. 아니 정확히 농담이었는지는 몰라도 나는 농담이기를 바랐다. 나는 잠시 어설픈 웃음을 웃었다. 그리고 기분이 몹시 언짢아졌다. 결국 폴의 말이 옳은 것이었다. 나는 이렇게 정신이 이상한 청년하고 토요일 저녁에 외딴집에서 무엇을 하겠다는 것이었을까? 지금쯤 파티에 가서 친구들과 한창 춤을 추고 웃고 있어야 했을 텐데……. 그리고 폴이든 아니면 다른 어떤 남자하고 연애를 할 수도 있었을 것을…….

"외출 안 하시나요?"

루이스가 물었다.

"아니오." 나는 쓸쓸하게 대답했다. "방해가 안 되겠는지요?"

그 말을 하자마자 나는 곧 그걸 후회했다. 그것은 주인이 손님에게 할 말은 아니었기 때문이었다. 하지만 그 말에 루이스는 웃음을 터뜨렸다. 그 웃음은 어린애같이 천진스럽고도 진심으로 좋아하는 그런 웃음이었다. 그리고 그 웃음 하나로 그는 갑자기 자기 나이로 되돌아가고 영혼이 되살아난 것 같이 보였다.

"상당히 심심하신가 보죠?"

그런 질문은 뜻밖이었다. 상당히건 약간이건, 아니면 무의식적이건 간에 생존이라는 이 기이한 어수선함 속에서 지루함을 느낀다는 것을 이미 알고 있단 말인가?

나는 부르주아적인 대답을 했다.

"난 바쁜 사람이에요. 난 RKB의 시나리오 작가지요. 그리고……."

"저기요?"

그는 턱으로 왼쪽을 가리켰다.

그 동작은 샌타모니카의 빛나는 소만小灣과 비벌리힐스와 로스앤젤레스의 거대한 외곽지대, 그리고 스튜디오며 프로덕션, 사무실들을 막연하게 가리키는 것이었으며, 그 모든 것을 경멸의 뜻으로 몰아넣는 행동이었다. 경멸이라면 너무 심한 표현일지도 모른다. 하지만, 아무튼 그것은 무관심보다 더 나쁜 표정이었다.

"그래요, 거기에요. 난 거기서 벌어 먹고 살아요."

나는 기운이 빠졌다. 약 2분 동안, 그 미지의 사나이 때문에 나는 나 자신이 초라하게 느껴졌고 아무 쓸모가 없는 인간처럼 생각되었던 것이다. 왜냐하면 그 바보 같은 직업은 결국에 가서는 다달이 몇 푼씩 모았다가는 그나마 한 달 한 달 낭비해 버릴 얼마 안 되는 달러밖에 그 무엇이 남겠는가? 그렇지만 환각제에 빠져서 온통 맥이 풀린 한 부랑아 때문에 이러한 자책감까지 느낀다는 것은 어쨌든 언짢은 일이었다. 나는 그런 종류의 약에 대해서 못마땅하게 생각하고 있지는 않다. 하지만 나는 사람들이 그들의 취미를 자기네와 같이 나누지 않는다고 해서 그것을 남을 멸시하는 철학으로 삼는 것은 좋아하지 않는다.

"벌어 먹고 산단 말씀이죠."

그는 꿈꾸듯이 되뇌었다.

"그게 바로 세상 살아가는 양식이지요."

나는 말했다.

"그렇다면 유감인데요! 난, 플로렌스에는 이렇게 나 같은 사람들을 거저 먹여 살리는 사람들이 많다고 해서 거기나 가서 살았으면 했는데요."

"그 사람들도 조각가나 화가 또는 작가들을 먹여 살려 주었지요. 혹시 그런 일을 직접 하는 거 아니에요?"

그는 고개를 저었다.

"아마 그 사람들은 자기네 마음에 드는 사람이라면 누구든지 먹여 살렸을 걸요. 거저 말이에요."

나는 꼭 베티 데이비스처럼 냉소적으로 웃었다.

"당신, 지금 여기서 그런 곳을 찾는 건 아니에요?"

그러고 나서 나는 조금 전의 루이스와 똑같이 고개를 왼쪽으로 돌렸다. 그는 눈을 감았다.

"제가 아까 거저라는 말을 했지만 그건 아무것도 아닙니다."

그가 '그건'이라는 말을 너무나 확신 있는 목소리로 말해서 나는 그에 대해서 더욱더 많은 의문들이 한꺼번에 부쩍 일어났다. 나는 도대체 루이스에 대해서 무엇을 알고 있단 말인가? 그는 어떤 사람을 미친 듯이 사랑했었을까? 사람들이 사랑에 미친다고들 하는 말은, 나로서는 항상 사랑의 가장 정상적인 형태라고 생각하여 왔다. 그가 자동차 바퀴 밑에 쓰러진 것은 우연이었을까, 약 때문이었을까? 아니면 절망 때문이었을까? 그는 병의 회복기에 있었던 것일까—아픈 다리와 마음을 모두 쉬게 하던 중이었을까? 하늘을 바라보는 그 집요한 눈길은 그 속에서 어떠한 얼굴을 가려내는 것이었을까?

반사적으로 나는 갑자기 천연색으로 만든 대작 〈단테의 생애〉에서 이 마지막 경우를 이용했던 일이 생각났다. 그 영화에서 나는 에로티시즘의 극점을 끌어들이기에 여간 애를 먹지 않았었다. 불쌍한 단테가 중세기풍의 투박한 책상 앞에 앉아서 원고지에서 고개를 들었을 때, 멀리서 어떤 목소리가 떠올랐다. 그 목소리는 이렇게 중얼거리는 것이었다. "하늘을 쳐다보는 그 집요한 눈길은 그 속에서 어떤 얼굴을 가려내는 것이었을까?" 그것은 관객들 자신이 대답할 문제였다. 그리고 나는 그 해답이 긍정적이기를 바란다. 그리하여 나는 내가 글을 쓰듯이 마침내는 그런 생각까지 하게 되었다. 그리고 나에게 문학에 대한 자부심이나 재능이 조금이라도 있었더라면 정말로 좋았을 것이다.

그런데, 아…… 나는 루이스를 보았다. 그는 눈을 뜨고 있었다. 그러고는 나를 응시하고 있었다.

"이름이 뭐죠?"

"도로시, 도로시 세이머. 전에 얘기 안 했던가요?"

"아뇨."

나는 그의 침대 밑에 앉아 있었다. 바다 냄새에 절은 저녁 공기가 창문으로 스며들고 있었다. 나는 이러한 저녁 공기를 45년째 마시며 살아왔으나 지금도 여전히 그처럼 강하고 변함없는, 잔인하리만큼 완강한 바다 냄새에 젖어있다.

앞으로도 얼마나 많은 시간을 과거와 애무와 남자들의 체온에 대한 향수가 오기 전에 나는 이 냄새를 즐겁게 마시게 될 것인가? 나는 폴과 결혼하게 될 것이다. 나는 내 건강과 도덕의 균형에 대해서 가지고 있던 무한한 확신을 포기해야만 했던 것이다. 누군가 이 피부를 만지며 그곳에서 체온을 높이려고 원할 때, 그의 피부 속에 편안히 잠기는 것은 쉬운 일이다. 그러나 그 다음엔? 그렇다. 그 다음은 반드시 정신과 의사들만이 대기하게 될 것이다. 나는 그 한 가지 생각으로도 속이 뒤집히는 것이다.

"퍽 쓸쓸해 보이는군요."
하고 루이스는 말했다.

그리고 나서 그는 내 손을 잡고 그 손을 유심히 들여다보았다. 나도 들여다보았다. 우리는 둘다 뜻하지 않게 우스꽝스런 공동의 관심을 가지고 내 손을 들여다보았다. 그는 내 손을 전혀 모르고 있었기 때문에 그리고 나는 내 손이 그의 손가락들 사이에 끼게 되니 전혀 다른 모습으로 보여 들여다본 것 뿐이다. 그것은 하나의 물체같이 보였다. 그것은 이미 내 손이 아니었다. 그처럼 동요하는 빛도 없이 내게 손을 내밀어 본 사람은 일찍이 없었다.

"연세가 어떻게 되시죠?"

하고 그는 물었다.

나는 나도 모르게 나이를 대고 있었다.

"마흔다섯."

"운이 좋으시군요."

나는 어리둥절해서 그를 쳐다보았다. 그는 스물여섯 살쯤으로 보였다. 혹은 그보다 더 어린 것도 같았다.

"운이 좋다뇨? 왜?"

"그 나이까지 살아왔으니까요. 그러니 최고로 다된 셈이지요."

그는 내 손을 놓았다. 아니, 좀더 정확히 말하자면—그런 인상이 나에게 들었지만—그는 내 손을 내 손목에 다시 붙여 주었다. 그리고 나서 그는 고개를 돌리고 다시 눈을 감았다. 나는 일어섰다.

"잘 있어요, 루이스."

"안녕히 가세요."

하고 그는 부드럽게 말했다.

나는 문을 조용히 닫고 다시 테라스로 내려왔다.

나는 묘하게도 기분이 좋았다.

3

"보라고요. 난 절대로 다시 돌이킬 수 없어요. 절대로 그럴 수 없어요."

"사람이란 무슨 일에든 다시 돌이킬 수 있는 거지."

"아녜요. 그래도 당신과 나 사이엔 용서할 수 없는 무엇이 있어요. 그건 당신도 아시죠. 당신은 그걸 알아야…… 할 거예요. 알지 못할 리가 없어요."

나는 내 작품에서 맨 끝에 쓴 이 신나는 대사를 여기서 중단했다. 그리고 루이스의 의견을 묻기 위해 흘끗 그를 쳐다보았다. 나는 눈썹을 찡긋 하며 빙그레 웃어 보였다.

"당신은 용서할 수 없는 무엇이 있다는 걸 믿으세요?"

"그건 내 얘기가 아니에요. 이 얘긴 프란츠 리스트하고……."

"그럼 당신은요?"

나는 웃기 시작했다. 나는 인생이 때로는 용서할 수 없을 만큼 가혹하게 보일 때도 있었으며, 어떤 경우의 사람들은 정

말로 용서 못할 것 같은 생각이 든 적도 있었다는 것을 알고 있었다. 그래서 나는 마흔다섯 살이라는 나이에도 이렇게 가벼운 마음으로 아무도 사랑하지 않고 나의 집 정원에 있는 것이다.

"그래요, 난 믿어요. 그런데 당신은 어때요?"
하고 내가 물었다.

"아직 못 믿겠어요."
그는 눈을 감았다.

우리는 차츰 그에 관해서, 나에 관해서, 그리고 우리들의 생활에 관해서 조금씩 얘기하기 시작한 것이다.

저녁때 내가 스튜디오에서 돌아오면 루이스는 지팡이 두 개에 몸을 의지하며 자기 방에서 내려와 등의자에 기대 앉는 것이었다. 거기서 우리는 스카치를 마시며 어둠이 내리는 것을 바라보곤 했다. 나는 집에 돌아오면 조용하고 기이한, 그리고 낯선 짐승처럼 쾌활하면서도 동시에 말이 없는 그를 대하는 것이 크나큰 기쁨이었다. 나는 그에게 사랑을 느낀 것은 아니었다. 오히려 다른 경우 같았으면 그의 아름다움 자체가 나에게 이상한 공포감을 주었을 것이며, 거의 혐오에 가까운 느낌마저 불러일으켰을 것이다. 왜 그런지는 나도 모르겠다. 그는 아주 매끄럽고 너무 말랐으며 매우 완벽했다. 그렇다고 결코 여성적인 데는 하나도 없었는데 나는 그를 보면 프루스트가 말하는 그 선택된 족속들이 연상되는 것이었다. 머리카락은 새의 깃털 같았으며 피부는 비단결 같았다. 한마디로 말해서 그는 내가 남자들에게서 생각하는 소위 어린애다운 거친

면이 전혀 없었다. 나는 그가 면도는 하는가 또는 그가 면도를 할 정도는 되었는가 하는 생각까지 해본 적이 있었으니까.

그의 말에 의하면 그는 미국 북부의 어느 청교도의 가정에서 태어났다. 몇 년 동안은 확실치 않은 공부를 한 후 그는 맨손으로 집을 나와 흔히 부랑아들이 하는 일들을 닥치는 대로 하면서 샌프란시스코까지 흘러온 것이다. 거기서 그는 자기와 같은 부류의 불량소년들과 만났으며, 독한 환각제를 먹었고 이어서 드라이브, 싸움……. 그렇게 해서 지금의 상태에, 즉 내 집에 오게 된 것이었다. 그는 다리만 나으면 다시 떠날 것이었지만 어디로 갈 것인지는 자신도 모르고 있었다.

그동안 우리는 자주 인생에 대해서, 예술에 대해서 이야기했다―그는 모든 점이 결핍되어 있었지만 교양은 상당히 높았다―요컨대 우리 두 사람의 관계는 상식적인 눈으로 볼 때엔 아주 특이하고도 개화된 것이었다. 그러나 그는 과거의 내 사랑에 대해서 끊임없이 물으면서도 자기의 사랑에 대해서는 절대로 입을 열지 않았다. 그 점만이 그에게 있어서 유일한, 그리고 도대체가 그 나이의 소년들에게 있어서는 가장 불안한 그늘이었던 것이다. 그는 '여자들'이니 '남자들'이니 하는 말을 언제나 같은 어조로 초연하고도 아무 맛이 없는 어조로 말하곤 했다.

그러나 마흔이 지난 나로서는 '남자들'이라는 말을 하노라면 발음하는 억양에 이미 애정이 깃들기 마련이고, 마음은 지난날의 기억으로 설레며 가슴이 뿌듯해 오지 않을 수 없다. 그래서 그러한 나를 때때로 자신이 추하고도 싸늘해지는 느낌을

금할 수 없었다.

"언제 그런 용서를 할 수 없다는 느낌을 경험하셨어요……?"
하고 루이스가 물었다.

"첫번째 남편이 당신 곁을 떠났을 때인가요?"

"천만에, 아니오. 그때에는 오히려 난 홀가분한 기분이었어요. 어느 때나 추상예술이라는 거 알죠? 하지만 프랭크가 나를 버렸을 땐 그랬어요. 그때엔 난 마치 병든 짐승같이 되어 버렸어요."

"프랭크가 누군데요? 두번째 남편?"

"맞았어요, 두번째 남편이었죠. 조금도 어디가 특별난 남자는 아니었지만 아주 쾌활하고 퍽 다정하고 행복한 사람이었어요……."

"그런데, 왜 그 사람이 당신 곁을 떠났어요?"

"루엘라 수림프가 그이한테 반해서 그리로 간 거죠."

그는 어리둥절한 듯이 눈썹을 곤두세웠다.

"루엘라 수림프라는 여배우 얘기 들어본 적은 있겠죠?"

루이스는 모호한 몸짓을 해보였다. 나는 화가 났다. 그러나 얘기는 계속했다. "결국 프랭크는 신이 나서 그 여자에게 빠졌고 또 그 여자와 결혼을 하려고 내 곁을 떠난 거죠. 그때, 나는 리스트의 애인이던 마리 다구처럼 다시는 회복할 수 없으리라고 생각한 거예요. 1년 이상이나 그런 생각을 했지요. 놀랐어요?"

"아뇨. 그래, 그 남자는 어떻게 되었죠?"

"2년 후에 루엘라는 또 다른 남자한테 빠져서 프랭크가 타락하는 걸 그대로 내버려 두었죠. 그는 시시한 영화를 계속 세 편씩이나 찍더니 술을 먹기 시작한 거예요. 그것으로 그의 인생이 끝난 셈이 되었지요."

잠시 침묵이 흘렀다. 루이스는 가늘게 신음 소리를 내더니 휠체어에서 몸을 일으키려고 했다. 나는 깜짝 놀랐다.

"왜, 어디 아프세요?"

"네, 아파요……" 하고 그는 말했다. "다시는 못 걷게 될 것 같아요."

나는 순간적으로 이 불구의 청년과 평생을 같이 살 것을 생각해 보았다. 그런데 이상하게도 그러한 생각이 우습지도 불쾌하게도 느껴지질 않았다. 아마도 내가 양 어깨에 짐을 지게 될 나이에 이르렀기 때문에 그랬는지도 모른다. 요컨대, 나는 자신을 잘 지키고 오랫동안 잘 싸워 왔다고 생각한다.

"지금처럼 그대로 있어야 해요……" 나는 쾌활하게 그에게 말했다. "언제건 이 다음에 그 이가 다 빠지면 내가 우유죽을 쑤어 드리지."

"제 이가 왜 빠집니까?"

"너무 오래 누워만 있으면 그렇게 되는 수가 있는 모양이에요. 괜히 한 번 그래 본 거예요. 수직 자세로만 있으면 중력 때문에 이가 빠지게 된다는 거겠죠. 하지만 그렇진 않아요."

그는 나를 흘끗 쳐다보았다. 그 눈길은 폴과 비슷했으나 폴보다는 훨씬 다정한 것이었다.

"당신은, 당신은 묘한 분이에요……" 하고 그는 말했다. "나 같으면 당신 곁을 떠나지 못했을 겁니다."

그렇게 말을 하고 그는 눈을 감았다. 그리고 힘없는 목소리로 나에게 시를 청했다.

나는 그가 좋아할 시들을 찾으러 서재로 갔다. 이것도 역시 우리들 사이의 관습 중의 하나였다. 나는 그를 깨우지 않으려고, 혹은 그의 마음에 자극을 주지 않으려고 월트 휘트먼에 관한 로르카의 시들을 낮은 목소리로 조용히 읽어 주었다. 하늘에는 인생이 피할 곳이 있다.

그러나 새벽이면 다시 나타나지 않을 수 없는 육체들이 있다…….

4

내가 소식을 들은 것은 한창 바쁠 무렵이었다. 좀더 정확히 말하면 내가 쓴 마리 다구와 프란츠 리스트 사이의 감동적인 대사를 여비서에게 불러주고 있을 때였다.

그 전날 나는 노딘 듀크가 리스트 역을 하게 되었다는 소식을 듣고 근육이 툭툭 불거진 그 갈색머리의 우악스러운 사나이가 역을 제대로 해낼 것 같지 않아 기분이 좋지 않았다. 그러나 영화란 치명적이고도 기묘한 그리고 다다이즘적인 오류를 범하게 마련이다. 그러나 어쨌든 나는 눈물을 글썽거리는 내 귀여운 여비서의 귀에 대고—그녀는 지독히 다감한 여자였다—"회복할 수 없는 무엇"이라는 대목을 읽어 주고 있었다. 그때 전화벨이 울렸다.

"폴 브레트 씨예요. 급한 전화랍니다."

하고 말했다.

나는 전화를 받았다.

"도로시요? 소식들었소?"

"아뇨. 무슨 소식인데요?"

"그래……? 이봐요…… 프랭크가 죽었소."

나는 아무 말도 하지 않았다. 그는 몹시 초조한 듯이 말했다.

"프랭크 세일러, 당신 그 전 남편 말이오. 그 사람이 어젯밤에 자살했어."

"설마!"

하고 나는 말했다.

나는 그 사람을 생각했다. 프랭크는 용기라고는 털끝만큼도 없는 사람이었다. 매력이라는 매력은 다 지닌 사람이었지만 용기는 하나도 없었다. 그런데 내 생각으로는 자살하는 데는 상당한 용기가 필요한 것이다. 자살밖에는 할 일이 없으면서도 자살하지 못하는 사람들이 수없이 많다는 사실로 미루어 보더라도 능히 짐작할 수 있다.

"정말이라니까……." 폴의 목소리가 다시 들렸다. "오늘 아침, 당신 집 근처에 있는 누추한 모텔에서 자살했소, 이렇다 할 아무 설명도 없이."

나의 심장은 천천히, 천천히 뛰었다. 아주 강하게 그러면서도 아주 천천히. 프랭크…… 프랭크의 쾌활한 성격, 프랭크의 웃음, 프랭크의 피부가…… 죽은 것이다. 피상적인 사람의 죽음이 심각한 사람의 죽음보다 사람들에게 충격을 더 크게 준다는 것은 이상한 일이다. 나는 믿을 수가 없었다.

"도로시…… 내 말 듣고 있소?"

"네, 듣고 있어요."

"도로시, 당신이 좀 와주어야겠어. 당신도 알다시피 프랭크는 가족도 없고 루엘라는 지금 로마에 가 있으니 말이오. 안됐지만 도로시, 당신이 모든 절차를 밟아주어야겠소. 아니 내가 당신을 데리러 가지."

그는 전화를 끊었다. 나는 수화기를 비서에게 내밀었다―비서의 이름은 캔디였다. 그 이유는 하느님만이 알 것이다―그러고 나서 나는 다시 앉았다.

그녀는 나를 보더니 곧 내 심정을 알아차리고 자리에서 일어났다. 그러고는 기록문서라고 쓰인 서랍을 열어 그 속에 있는 술병을 꺼내어 마개를 뽑아 내게 주었다. 나는 정신없이 한 잔이 넘치도록 따라 마셨다. 나는 사람들이 마음에 충격을 받은 사람들에게 왜 알코올을 주는지를 알고 있다. 그러한 경우의 알코올은 그대로 유해한 것이며, 인간을 마비상태에서 구출할 수 있는 육체적인 반항과 거역의 본능을 다른 어떤 것보다도 쉽사리 눈뜨게 해주기 때문이다. 위스키를 마시자 목구멍과 입천장이 타는 것 같았다. 나는 몸서리를 치며 정신을 차렸다.

"프랭크가 죽었어."

하고 나는 말했다.

캔디는 다시 손수건을 코에 갖다 대었다. 나는 생각이 막힐 때마다 내 가련한 인생을 그 여자에게 충분히 얘기해 왔다. 그쪽에서도 마찬가지였다. 그래서 그녀는 프랭크가 누구인지를 잘 알고 있었다. 그 사실만으로도 나는 어떤 위안 같은 것을 느꼈다. 나는 그의 죽음을 안 그 순간에, 그 사람의 존재를 모르고 있는 사람과 마주앉아 있었다면 도저히 견디지 못했을 것 같았다. 그러나 그 불쌍한 사람은 이미 오래전부터 사라져 버렸다는 것, 뿐만 아니라 그가 유명했었다는 사실조차도 잊혀지고 말았다는 것을 하느님은 알고 있다.

이 고장에서 명예라는 것이 오래 지속 못 할 경우엔 참으로 비참하고도 불쾌한 것이다. 프랭크는 그를 위해 마련해 줄 막연한 기사 한 토막과 그의 자살이 빚어낼 막연하고도 심술궂은 동정심이라곤 거의 엿볼 수 없는 가십들로 인해……. 프랭크…… 그처럼 미남이던 프랭크……. 루엘라 수림프가 미치도록 좋아하였던 남편 프랭크, 나와 함께 웃던 프랭크는 또 한 번 죽음을 당해야 할 것이다.

폴은 곧 왔다. 그는 정답게 내 팔을 잡아 주었으나 키스는 아예 해주지 않았다. 키스를 했더라면—나는 알고 있다—난 와락 울음을 터뜨렸을 것이다.

나는 멋졌건 그렇지 못했건 간에 내가 같이 잤던 남자들에 대해서는 언제나 애정과 정다움을 간직하고 있다. 그런데 그런 일이 그리 흔한 것 같지는 않다. 그러나 단 하룻밤 동안이라도 한 침대에서 보낼 때엔 언젠가 그 밤을 같이 하는 사람이, 지상의 모든 것보다 더 가깝게 느껴지는 순간이 있는 법이다. 그리고 아무도 그러한 내 생각을 부정할 수는 없을 것이다.

그처럼 과감한, 혹은 일체의 무장을 풀어버린 그리고 그처럼 서로 다르면서도 또 그처럼 비슷한 그리고 마땅히 비슷하지 않으려고 애를 쓰는 남자들의 육체…….

나는 폴의 팔을 잡았다. 그리고 우리는 떠났다.

나는 폴을 조금도 사랑하지 않았다는 사실이 또한 한결 마음을 가볍게 했다……. 내가 실행하고자 하는 과거의 확인 속에서 무엇이건 나에게 현실적으로 존재하는 것을 나는 견디어 내지를 못했을 것이다. 그 당시 내 마음속을 차지하고 있는 것이 있었더라면 나는 도저히 그것을 감당해 낼 수가 없었을 것이다.

프랭크는 잠을 자는 듯이 조용히 죽어 있었다. 그의 심장 2센티미터 깊이에서 탄환을 빼내었다. 그의 얼굴은 조금도 흐트러지지 않은 채 살아 있을 때 그대로였다.

나는 자기 자신의 일부분, 과거에는 자기 자신이었으며, 지금은 탄환과 불쾌한 반사력에 의해서 빼앗기고 만 어떤 대상에게 작별을 할 경우에, 내가 상상하던 그대로 그리 큰 고통

없이 프랭크에게 작별인사를 했다. 그는 여전히 밤색 머리였다. 그런데 이상한 것은 나도 아직 밤색의 평범한 색깔이건만 그와 같은 밤색의 머리를 가진 남자를 본 적이 없었다.

잠시 후에 폴은 나를 다시 집으로 데려다 주겠다고 했다. 나는 그의 말을 따랐다.

오후 네 시였는데도 태양은 폴의 새 재규어 승용차에 탄 우리들의 얼굴을 확확 달아오르게 했다. 나는 생각했다—태양은 영원히 프랭크의 얼굴을, 태양을 그처럼 사랑하던 프랭크의 얼굴을 불타오르게 하지는 못할 것이라고. 사람들은 죽은 사람들에 대해서 너무 인색한 것 같다. 그들이 죽자마자 사람들은 죽은 이들을 검은 상자 속에 가두고, 단단히 못질을 한 후에 땅속 깊이 묻는다. 말하자면 죽은 이들을 처치해 버리는 것이다. 그렇지 않으면 죽은 사람들의 얼굴에 화장을 시켜 얼굴 모습을 망쳐 놓고는 창백한 전깃불 밑에 눕혀 놓고 뻣뻣하게 변형시키는 것이다. 내 생각 같아서는 그들이 영원히 흙속에 묻히기 전에 우선 10분쯤 태양 아래 내놓았다가 만약 죽은 이들이 생전에 바다를 사랑했다면 마지막으로 바닷가를 구경시킨 다음에야 흙을 덮어 주어야 할 것 같다. 그런데 전혀 그렇지가 않다. 사람들은 그들의 죽음을 처벌하는 것이다. 그들은 기껏해야 바흐의 음악 같은, 죽은 이들이 생전에 좋아하지도 않던 종교음악이나 들려주는 것이 고작이다. 나는 너무도 침통한 기분 때문에 정신이 없었다. 그때 폴이 나를 집 문 앞에 내려주었다.

"잠깐이라도 내가 같이 들어갈까?"

하고 그는 물었다.

나는 기계적으로 고개를 끄덕였다. 그러자 갑자기 루이스의 생각이 떠올랐다. 오! 그러나 그까짓 건 아무래도 좋다! 폴과 루이스가 서로 눈을 흘기며 바라보건, 그들이 각자 어떻게 생각하건 그런 것은 나에게는 아무 상관 없는 일이었다.

폴은 테라스까지 나를 따라왔다. 테라스에서는 루이스가 휠체어에 비스듬히 누워 꼼짝않고 새들만 바라보고 있었다. 그는 멀리서 나를 보고 손짓을 하다가 폴을 보자 그만 멈추었다.

나는 베란다의 계단을 올라갔다. 그리고 그의 앞에서 발을 멈추었다.

"루이스" 하고 나는 말했다. "프랭크가 죽었어요."

그는 손을 내밀어 쭈뼛쭈뼛하며 내 머리를 만졌다. 나는 와락 울음을 터뜨렸다. 나는 그의 발 밑에 무릎을 꿇고 아직 인간의 고뇌라는 것을 모르는 그 어린애를 향하여 흐느끼기 시작했다. 그의 손이 내 머리와 이마와 눈물에 젖은 내 뺨을 스쳤으나, 그는 아무 말도 하지 않았다.

마음이 가라앉자 나는 고개를 들었다. 그때엔 이미 폴은 아무 말 없이 가버리고 난 후였다. 그때 나는 문득 내가 폴의 앞에서는 끔찍하다든가 불쌍하다는 이유 같은 것으로 울어 본 일이 없었다는 사실을 깨달았다. 그는 그러기를 바라고 있었지만.

"내 얼굴 꼴이 사나워졌을 거예요" 하고 나는 루이스에게 말했다.

나는 그를 정면으로 바라보았다. 나는 내 눈이 부어 있고 눈화장이 지워지고 얼굴 윤곽은 다 흐트러져 있다는 것을 알

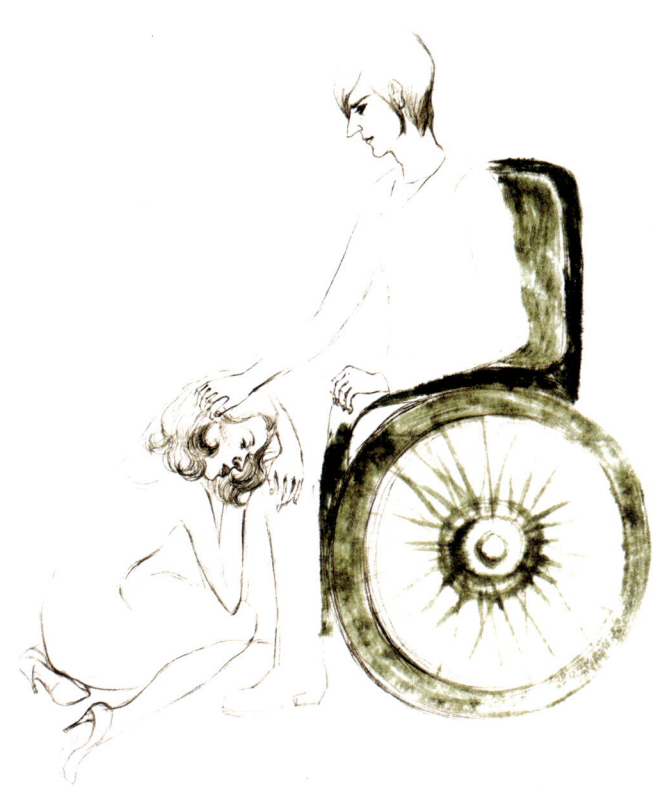

고 있었다. 그런데 생전 처음으로 나는 남자 앞에서 그것이 조금도 부끄럽게 느껴지지가 않았다. 루이스 눈에는 그가 내게 보여주는 정신적인 반영 속에서는 나 자신이 마흔다섯 살의 나, 도로시 세이머가 아니라 한낱 울고 있는 어린애로밖에는 비치지 않았던 것이다. 그에게는 무엇인가가 있었다. 어둡고도 무서운, 그러면서도 마음을 안심시키는 그 무엇, 일체의 외관을 무시해 버리는 그 무엇인가가 있었다.
"마음이 아프신 모양이군요."
하고 그는 꿈꾸는 듯이 말했다.
"나는 그이를 오랫동안 사랑했어요!"
"그러나 그는 당신을 버리지 않았습니까? 그러니 벌을 받은 거지요" 하고 그는 간결하게 말했다. "그게 인생입니다."
나는 소리를 지르며 반박했다.
"당신, 정말 유치하군요. 인생이란 당신처럼 그렇게 유치한 게 아니에요, 다행히도."
"인생은 유치할 수가 있습니다."
그는 다시 시선을 내게서 돌렸다. 그리고 멍한 표정으로 사뭇 권태로운 듯 다시 새들을 바라보기 시작했다. 나는 그의 동정심이 오래 가지 못하리라는 생각을 잠깐 했다. 나는 폴의 어깨와 우리들이 기억할 수 있는 프랭크의 추억, 수시로 내 눈을 닦아 주었을 그의 몸짓……. 한마디로 말해서, 바로 이 베란다에서 같이 누릴 수 있었을 감상적이고도 애절한 장면들이 아쉬웠다. 동시에 나는 내가 그러한 것을 자제한 것에 묘한 자부심을 느끼고 있었다.

나는 다시 집 안으로 들어갔다. 전화가 울리고 있었다. 전화 소리는 저녁 내내 그치지 않았다. 과거의 내 애인들, 내 친구들, 가련한 내 여비서, 프랭크의 패거리들 그리고 극히 드물긴 하지만 신문기자들……. 그들이 모두 내 전화에 매달려 있었으니까.

사람들 말에 의하면 루엘라 수림프는 로마에서 그 소식을 듣고 기절까지 한 다음, 그의 새 애인인 이탈리아 청년과 함께 무대를 떠났다는 것이었다. 나는 그러한 모든 소동에 구역질이 났다. 지금 와서 슬퍼하고 있는 그들 중의 어느 누구도 프랭크를 생전에 도와준 일이 없었기 때문이다. 그리고 이혼상의 모든 미국 법률을 무시하고 프랭크를 물질적으로 끝까지 도와준 것은 나 하나뿐이었다.

배우협회의 후원회장인 제리 볼튼에게서도 호의의 전화가 걸려 왔었다. 생각만 해도 메스꺼운 그 인물은 내가 유럽에서 돌아왔을 때, 끈질기게 소송을 제기해서 나를 굶어 죽게 하려던 인간이었다. 그러더니 나중에는 방향을 돌려 무력해진 프랭크에게 달려들었던 것이다. 그때 프랭크는 루엘라에게서 버림을 받고 불행해진 직후였다. 그는 성미가 괴팍하고 세도가 당당했으나 아주 비열한 사나이였다. 그리고 그는 내가 자기를 마음속 깊이 미워하고 있다는 것을 잘 알고 있었다. 그런데도 감히 건방지게 내게 전화를 걸어 온 것이다.

"도로시오? 정말 안됐습니다. 난 당신이 얼마나 프랭크를 사랑했는지 잘 알고 있어요. 그리고 난……."

"제리, 난 당신이 프랭크를 내쫓았던 일을 알고 있어요. 그리고 당신이 그 사람을 아무 데에서고 발을 못 붙이게 방해한 사실도 알고 있고요. 미안하지만 전화 끊어 주세요. 나는 무례한 여자가 되고 싶지 않으니까요."

그는 전화를 끊었다. 나는 화를 곧잘 냈던 것이다. 나는 응접실로 돌아와서 루이스에게 내가 제리 볼튼과 그의 돈과 그의 명령을 싫어하는 나대로의 까닭을 모조리 설명했다.

"만약 나에게 몇몇 사람의 좋은 친구들과 강철 같은 건강이 없었더라면, 그 사람은 나를 자살까지 하도록 몰아 넣었을 거예요. 프랭크를 자살하게 한 것처럼 말이에요. 그 사람은 그런 종류의 인간들 중에서도 가장 악질적인 위선자예요. 난 아직 남이 죽기를 바란 적은 한 번도 없지만, 아마 그 사람만은 죽기를 원했으니까요. 정말이지 내가 죽기를 바랄 정도의 인간은 그 사람 하나밖엔 없어요."

거기까지로 나는 얘기를 끝마쳤다.

"그것은 당신이 아직 까다롭질 않아서 그런 거예요, 도로시. 그런 사람은 또 있을 겁니다."

하고 루이스는 맥풀린 듯 말했다.

5

　RKB의 사무실에 앉아서 나는 고양이처럼 신경을 곤두세우고 전화만 뚫어지게 지켜보고 있었다. 캔디는 가슴이 설레어 새파랗게 질려 있었다. 오직 루이스만이 손님 의자에 앉아 태연하고도 사뭇 심심한 듯한 표정이었다. 우리는 루이스가 치룬 간단한 시험의 결과를 기다리고 있었다. 루이스는 프랭크가 죽은 지 며칠 후 어느 날 저녁, 갑자기 마음의 태도를 정했다. 그는 일어서서 마치 다친 일이 없었던 듯이 곧장 힘들이지 않고 걸어나와, 영문을 몰라 하는 내 앞에서 멈추었다.
　"어때요? 이젠 다 나았습니다."
　그때 나는 다리를 못 쓰는 그의 상태에 너무나 익숙해 있던 나머지 그런 일이 일어나리라고는 전혀 예상도 못 하고 있었던 것이다.
　그는 이젠 내게 "안녕히 계세요"라든가 "감사합니다"라는 말을 남기고 집 한쪽 모퉁이로 사라져 버리겠지. 그러면 다시는 그를 보지 못하리라……. 그런 생각이 떠오르자 나는 가슴이 아파왔다.

"정말이지 기쁜 소식이군요."

나는 기운 없이 말했다.

"그렇게 생각하시나요?"

"물론이죠. 그럼, 이제부터…… 어떻게 하시겠어요?"

"저야 당신한테 달려 있지요."

하고 그는 차분하게 말했다. 그리고 그는 다시 제자리에 가서 앉았다.

나는 숨을 한 번 몰아쉬었다. 쉽사리 당장 떠나지는 않겠지! 그런데 그와는 반대로 그의 그 말은 나를 당황하게 했다. 어떤 점에서, 그처럼 떠돌아다니고, 무관심하고, 자유로운 사람의 운명이 나에게 달릴 수 있단 말인가? 한마디로 말해서, 나는 그에게 있어서는 일종의 간호사 구실밖엔 못했던 것이다.

"만약에 제가 여기 그대로 눌러 있자면, 무슨 일이든지 해야겠는데요."

하고 그는 다시 입을 열었다.

"로스앤젤레스에서 자리를 잡으려고?"

"전 '여기'라고 말했습니다……."

하고 그는 턱으로 베란다와 자기 의자를 가리키며 엄숙하게 말했다.

"물론 폐가 안 된다면 말입니다."

나는 내 담배를 떨어뜨렸다가 다시 주웠다. 그리고 일어서면서 입속으로 이런 소리를 중얼거렸다. '자, 얘기해 보세요. 아! 그럼 말이에요, 만약 내가 예상을 하고 있었더라면……' 등의 말을 한 것이다.

그는 움직이지 않고 나를 보고 있었다. 나는 심한 곤혹을 느껴 더 이상 견디지 못하고 부엌으로 달려가 커다란 잔에 스카치를 가득 부어 꿀꺽꿀꺽 단숨에 삼켜 버렸다. 나는 아직 알코올 중독자가 되지는 않았다 하더라도 결국에 가서는 그렇게 되고 말 것이다. 다소 마음이 가라앉자 나는 베란다로 되돌아갔다. 나에게는 이제 그 소년에게, 나는 내 취미와 결심이 있어서 혼자 살고 있으며 젊은 남자와 같이 살 필요가 전혀 없다는 것을 설명해 주어야 할 때가 온 것이었다. 게다가 그가 있으므로 해서 나는 나를 원하는 남자들을 내 집으로 못 데리고 오지 않았는가! 그러니 여간 성가신 일이 아니었다. 그리고 또 세번째 이유로는…… 요컨대, 그가 내 집에 있을 아무 이유가 없었다.

그러자 나는 조금 전만 해도 그가 떠난다는 생각에 마음이 쓸쓸했는데, 이제 와선 그가 그대로 남아 있겠다는 결심에 벌컥 화가 났다. 그러나 그는 이미 그러한 자기 모순에는 놀라지도 않게 되었다.

"루이스……" 하고 나는 말문을 열었다. "이제, 우리가 같이 얘길 좀 해볼 때가 왔나 봐요."

"그러실 필요 없습니다―" 하고 그는 말했다. "제가 여기 있는 걸 원치 않으신다면 전 떠나겠습니다."

"그런 게 아니에요."

나는 난처해서 이렇게 말했다.

"그럼 뭡니까?"

나는 바보처럼 입을 벌린 채 그를 바라보았다. 그렇다. 그럼 또 뭐란 말인가? 그러나 한편으로는 그런 게 아니었다. 나는 그가 떠나는 것을 솔직히 원치 않고 있었다. 나는 그를 무척 좋아하고 있었다.

"얘기가 합당하질 못하단 말이에요."
하고 나는 나직하게 대답했다.

그는 갑자기 웃음을 터뜨렸다. 그 웃음이 그를 아주 앳되 보이게 했다. 나는 흥분해서 말했다.

"당신의 몸이 성하지 않고 다리까지 다쳤을 때, 내가 당신을 내 집에 받아들인 건 조금도 이상할 게 없는 거예요. 당신은 길바닥에 쓰러져 있었어요. 핸디캡이 있었던 거예요, 당신은……."

"그런데 지금은 내가 걷게 됐으니, 이젠 여기 있는 게 합당칠 않다, 그 말씀이군요?"

"이젠 더 이상 구실이 없단 말이에요!"

"더 이상 구실이 없다니 누구에게 말입니까?"

"모든 사람에게 말이에요!"

"그럼 당신은 자기 인생을 모든 사람에게 일일이 설명을 합니까?"

그의 목소리에는 경멸조의 억양이 역력히 보였다. 그 목소리에 나는 비위가 확 상했다.

"아니, 루이스, 그게 무슨 말이에요? 내겐 내 생활이 있고, 친구들이 있고, 게다가…… 또, 나를 따르는 남자들도 있는

데요."

 이 마지막 말을 하면서 나는 굴욕감이 치밀어 얼굴이 뜨거워지는 것을 느꼈다. 루이스는 고개를 끄덕거렸다.
 "당신한테 반한 남자들이 많다는 것은 나도 알고 있습니다. 이를테면 브레트, 그 친구도 말입니다."
 "그 사람과 나 사이엔 아무 일도 없어요." 나는 정숙하게 말했다. "오! 그런 거야 당신이 상관할 바가 아니죠. 다만, 당신이 이 집에 있는 것이 내게 누를 끼치는 것이라는 것만 알면 돼요."
 "당신은 물론 어른이십니다⋯⋯" 하고 그는 말을 이었다. "저는 단지, 만약 제가 거리에 나가서 일을 하게 된다면 당신에게 돈도 드릴 수 있고 따라서 여기서 계속 살 수 있을 것이라고 생각했던 겁니다."
 "하지만, 난 돈이 필요 없어요. 난 하숙을 치지 않고도 먹고 살 수 있으니까."
 "그러나 저로선 그렇게 해야 덜 미안할 테니까요."
하고 그는 담담하게 말했다.
 긴 토의 끝에 마침내 우리는 하나의 타협을 보았다. 우선 루이스는 열심히 일을 찾아볼 것, 그리고 얼마 후에는 내 집 근처에 다른 숙소가 있는지 알아볼 것 등이었다. 그는 그 모든 제안에 동의했다. 우리는 완전히 합의를 보고 나서 자러 갔다. 우리가 토론하지 않은 단 한 가지 문제는—그것은 내가 잠들기 전에 깨달은 바지만—왜 그가 내 곁에 남아 있고 싶어하는가 하는 점이었다.

그래서 이튿날 나는 스튜디오에서 약간 흥분하여 천사와 같이 미끈한 체격의 청년 이야기를 하고, 루이스를 위한 아이러니컬한 주의서를 모으고, 루이스를 만나 보도록 회사에 주선을 한 것이다. 그는 나와 함께 스튜디오에까지 와서 간단한 시험을 치렀다. 그리고 내 상관인 제이 그랜트가 다음 주 어느 날 그를 만나 주겠다는 약속까지 해주었다.

이 얘기는 바로 약속한 그날의 얘기다. 제이는 영사실에서 루이스와 그 밖의 여남은 명의 배우 지망생들을 스크린으로 심사하고 있었고, 그동안 나는 사무실에서 만년필을 만지작거리고 있었다. 루이스를 보고 첫눈에 반한 캔디는 맥없이 타이프만 치고 있었다.

"전망이 그다지 좋질 않군요."
하고 루이스는 맥풀린 얼굴로 입을 열었다.

나는 잠깐 창 밑의 노랗게 된 잔디를 내려다보았다. 그게 지금 문제가 되고 있다니! 이 소년은 장차 대인기 스타요, 미국에서 매력 만점의 스타가 될지도 모른다. 그런데 지금 전망을 운운하고 있다니!

갑자기 나는 오스카상에 싸여 군중들의 우상이 된 그를 상상해 보았다. 그리고 세상을 자신 있게 헤쳐 나가며 가끔씩 일찍이 그에게 출세할 길을 열어준 이 늙은 도로시에게 키스를 해주려고 그의 캐딜락 방향을 돌릴 그를 머릿속에 그려 보았다. 그러자 나는 자신의 꼴이 몹시 측은하게 생각되었다.

그때 전화가 울려왔다. 나는 땀이 밴 손으로 수화기를 들었다.

"도로시오? 나, 제이. 그런데 말이오, 당신이 보낸 그 청년, 근사한데. 이리 와서 스크린에 비친 그 청년 모습을 좀 보구려. 제임스 딘 이후로는 내 보기엔 제일 나은 것 같아."

"그 사람, 여기 있어요."

하고 나는 목멘 소리로 말했다.

"그래? 이리 데리고 오시오."

우리는 눈물을 닦으며 수없이 퍼붓는 캔디의 키스를 받은 다음, 쏜살같이 차에 올라타고 영사실까지 3킬로미터나 떨어진 거리를 단숨에 달려가서 제이에게 달려들었다. 내가 여기서 '우리'라고 한 말은 적절한 표현이 못 된다. 루이스는 발을 질질 끌며 휘파람만 불고 있었고 그러한 모든 일에 거의 무관심해 보였기 때문이다.

그는 제이에게 얌전하게 인사를 한 다음, 컴컴한 영사실 안에서 내 옆에 앉았다. 그가 테스트를 받은 필름을 다시 돌려 보았다. 스크린에 비친 그의 얼굴은 또 다른 모습으로 나타났다. 그 얼굴에는 뭐라고 설명할 수 없는 강렬하고도 잔인한, 그리고 또 한 가지 분명히 말할 수 있는 것은 기가 막히게 매력적인 그 무엇이 있었다. 그런데 그것이 내게는 마음이 편하지 않았다. 스크린에서 마치 아무도 없는 양 거리낌없이 느긋한 행동으로 일어서서 벽에 기대어 담배에 불을 붙이고, 하품을 하고, 빙긋이 웃는 그의 모습은 아주 낯선 사람 같았다. 그가 카메라를 의식하지 않았다는 것이 보기에도 역력히 나타났다. 과연 카메라를 보기는 보았을까 하는 의문이 날 정도였으니까.

영사실에 다시 불이 켜졌다. 제이는 신이 나서 나를 돌아보며 "자, 도로시, 어떻소?" 하고 물었다.

루이스를 발견해 낸 것은 물론 바로 그 사람이었다. 나는 아무 말 없이 고개만 수없이 끄덕여 보였다. 그것이 이곳에서는 동의를 가장 잘 나타내는 표현 중의 하나였다. 제이는 루이스에게로 몸을 돌려서 물었다.

"그래, 기분이 어떠시오?"

"아무렇지도 않습니다."

하고 루이스는 담담하게 대답했다.

"어디서 연기를 배웠죠?"

"한 번도 안 배웠습니다."

"안 배웠다고? 그럴 리가…… 그럴 리가 있나, 이 사람아……."

루이스는 일어섰다. 갑자기 그는 싫증난 얼굴을 하더니,

"전 거짓말은 안 합니다. 저……" 하고 말했다.

"그랜트요—."

제이가 자연스럽게 대답했다.

"전 거짓말은 안 합니다. 그랜트 씨."

생전 처음으로 나는 제이 그랜트가 당황해하는 모습을 보았다. 그는 약간 얼굴을 붉히며 이렇게 말했다.

"거짓말을 했다는 얘기가 아니오. 단지, 처음 연기해 보는 사람치고는 너무나 동작이 자연스러워서 한 소리지. 도로시도 그런 얘길 할 거요."

그는 나를 돌아다보았다. 그런데 그 표정이 사뭇 애원하는

것 같아서 나는 웃음이 나왔다. 나는 그를 도와주지 않을 수 없었다.

"루이스, 정말 그래요. 아주 좋았어요."

그는 나를 바라보곤 미소를 지었다. 그러더니 내게로 몸을 굽혔다. 마치 우리 둘 이외엔 아무도 없다는 듯이.

"정말이에요? 정말, 당신 마음에 든 거예요?"

그의 얼굴은 내 얼굴에서 2센티 정도밖엔 안 떨어져 있었다. 나는 너무도 난처해서 뛰는 가슴으로 의자에 앉아 있었다.

"물론이죠. 루이스, 이젠 당신의 앞길은 훤히 트인 거예요. 확신해요, 난……."

제이는 내가 예상한 대로 슬며시 잔기침을 했다.

"루이스, 그럼 계약 준비를 하도록 해드리죠. 변호사에게 가서 계약서류를 읽어달라고 하셔도 좋아요. 어디 가면 당신을 만날 수 있을까요?"

하고 제이가 물었다.

나는 의자에 파묻힌 채, 루이스가 의젓하게 이렇게 대답하는 소리를 들었다.

"세이머 부인 댁에 살고 있어요."

6

 할리우드에서의 내 처지라는 것이 별로 대수롭지 않았기 때문에 스캔들 역시 별반 떠들썩하지는 않았다. 나는 내 '피보호자'의 장래의 성공에 대해서 집 안에서만 이러쿵저러쿵 떠들고 바보 같은 축하를 주고받고 했을 뿐이다. 그리고 그 소문은 내 사무실 밖에까지는 퍼지지 않았다. 어느 말 많은 한 명의 여자도 내 집을 찾아오지 않았으니까. 어느 연예지에 루이스 마일스라는 무명의 청년이 저 유명한 제이 그랜트와 계약을 했다는 짤막한 기사 한 토막이 실렸을 뿐이었다.
 유독 폴 브레트만이 스튜디오의 바에서 약속도 안 했던 점심을 같이 먹는 동안, 나에게 루이스를 어쩔 작정이냐고 진지하게 물어왔다.
 그는 야위어 보였다. 그것이 그에게는 잘 어울렸지만ㅡ그리고 약간 슬퍼 보이기까지 했다. 이 지방에서는 40대만 되면 쉽사리 그런 표정이 되고 만다. 그는 갑자기 나에게 남자들과 사랑이 있는 인생이 있음을 상기시켜 주었다. 나는 루이스에 대해선 아무 생각도 없으며 솔직히 말해서 그를 좋아하고 있다는 것, 그리고 그는 곧 이사를 할 것이라고 명랑하게 대답해 주었다. 그는 의심하는 눈으로 나를 바라보며 말했다.

"도로시, 난 당신이 거짓말을 하지 않고 또 이곳 여자들처럼 바보 같은 짓은 하지 않기 때문에 당신을 늘 사랑했던 거요."

"그런데요?"

"당신 같은 여자가 한 달씩이나 그런 젊은 미남자와 아무 탈 없이 살고 있다는 말은 하지 말아요. 그 청년이 미남이라는 건…… 나도 인정하오."

나는 웃기 시작했다.

"폴, 나를 믿어 주어야 해요. 내가 그 사람을 그토록 좋아하진 않으니까요. 그리고 그 사람 역시 날 그렇게까지 좋아하진 않고요. 정말 이상하긴 해요. 그건 나도 알아요. 하지만 어떻게 할 도리가 없어요."

"당신 나한테 맹세할 수 있소?"

남자들의 그런 약속의 버릇은 사랑스러운 것이다. 그래서 나는 맹세를 하였다. 그랬더니 어처구니없게도 폴의 얼굴이 문자 그대로 활짝 피는 것이었다. 내가 놀란 것은 그가 여자의 맹세를, 그것이 어떤 종류의 여자이건 간에, 그렇게 믿을 정도로 순진하다고는 생각지 않았으며, 나의 그 맹세가 그처럼 그를 기쁘게 해줄 정도로 그가 나에게 몰두해 있다고도 생각 못했기 때문이다.

그때 나는 문득 내가 한 달째 루이스와 함께 살아왔다는 사실을 깨달았다. 그리고 그동안 나는 사실상 외출도 안 했었고 남자와 커다란 침대에 푹 묻혀 본 일이 없다는 사실을 깨달았다. 그러나 실은 그것이 내 생활에 있어서는 굉장히 큰 비중을 차지해 왔었던 것이다. 나는 폴을 보다 주의 깊게 바라보았다. 그리고 그에게서 매력과 멋과 나무랄 데 없는 거동을 발견했다.

그는 다음 날 아홉 시경에 내게 와서 우리는 로마노프 식당에서 같이 저녁 식사를 하기로 약속했다.

이튿날, 나는 여느 때보다도 일찍 집으로 돌아왔다. 화려하게 차리고 가서 폴 브레트를 결정적으로 매혹시켜야겠다고 생각했기 때문이다. 루이스는 여느 때와 마찬가지로 안락의자에 걸터앉아서 하늘만 바라보고 있었다.

그는 나른한 손으로 내가 지나가는 길 앞에 종이 한 장을 휘날리고 있었다. 나는 공중에서 그것을 잡았다. 그것은 그랜트의 계약서였다.

계약서에서 그랜트는 루이스에게 세 편의 영화 출연과 3년 동안에 걸친 적절한 월급, 그리고 물론 전속 계약 등의 서류였다. 나는 계약서를 재빨리 훑어보고는 루이스에게 계약을 보다 확실하게 하려면 내 변호사를 찾아가 보라고 일러주었다.

"이만하면 만족해요, 루이스?"

"전, 아무래도 좋습니다"

"당신 생각만 괜찮다면 전 사인할 테니까요. 그런데 굉장히 바쁘신 모양이죠?"

"저녁 약속이 있어요."

라고 나는 쾌활하게 대답했다.

나는 층계를 올라가 목욕탕으로 들어갔다. 일단 뜨거운 물에 들어앉으니, 내 장래가 아주 낙관적으로 생각되었다. 그동안의 말할 수 없이 착잡한 상태에서 빠져나온 것이다. 루이스는 화려한 생애를 걸어 나가게 될 것이고 폴은 여전히 나를 사랑하고……. 이제 나는 폴과 저녁 식사를 하러 갈 것이며 밤을 즐기고 사랑을 할 것이다. 그러니 인생은 유쾌한 것이 아니겠는가.

나는 거울 속에 비친, 여전히 비쩍 마른 내 몸과 행복한 내 얼굴을 바라보았다. 그리고 노래를 흥얼거리며 목욕탕에서 나와 내 딸이 파리에서 보내 준 비로드의 화려한 실내복을 걸치고 화장대 앞에 앉아, 여러 종류의 화장품을 꺼내어 화장을 시작했다.

루이스가 들어오는 것을 나는 거울 속으로 보았다. 그는 노크도 하지 않고 내 방으로 들어왔다. 나는 몹시 당황했지만 그리 화는 내지 않았다. 왜냐하면, 앞에서도 말한 것처럼 나는 기분이 느긋해 있었기 때문이다.

"식사하러 어디로 가세요?"

하고 루이스가 물었다.

"로마노프 식당으로요. 할리우드에서는 손꼽히는 식당이죠. 당신도 얼마 안 있으면 스타로서 으쓱거리고 갈 수 있을

거예요."

"바보 같은 소리 마세요."

그의 목소리는 퉁명스러우면서도 신랄했다. 나는 연필을 든 채 잠시 가만히 있다가,

"바보 같은 소리가 아니에요. 아주 아늑한 곳이니까."
하고 말했다.

그는 아무 대꾸도 하지 않았다. 그는 여느 때와 같이 창밖을 내다보고 있었다. 나는 화장을 끝마쳤다. 그런데 이상하게도 나는 그가 보는 앞에서 입술에 루즈 바르는 것을 주저하게 되었다. 그것은 마치 어린애 앞에서 옷을 다 벗어 버리는 것처럼 추하게 생각되었기 때문이다. 그래서 나는 목욕실로 건너가서 존 크로포드처럼 육감적으로 입술을 정성껏 그린 다음, 생 로랑의 복제품인 어두운 푸른색 옷을 입었다. 그 옷은 내가 가장 좋아하는 옷이었다. 나는 지퍼를 채우는 데 약간 애를 먹었지만, 그것은 내가 방을 나오면서 루이스를 완전히 잊어버리고 말았다는 증거였다. 그래서 계속 카펫 위에 앉아 있던 루이스의 발에 걸렸을 때에야 비로소 나는 그를 인식했다.

그는 벌떡 일어나 나를 물끄러미 바라보았다. 나는 사뭇 자신만만해서 그에게 엷은 미소를 보냈다.

"나, 어때요?"

"전, 정원 가꾸실 때의 옷차림이 더 좋습니다."
라고 그는 말했다.

나는 깔깔 웃으며 문을 향해 걸어갔다. 칵테일을 준비할 시간이었다. 그러나 루이스가 내 팔을 꽉 잡았다.

"그럼, 전 뭘 하지요?"

"뭐든지, 좋을 대로 해요"라고 나는 깜짝 놀라 대답했다. "텔레비전도 있고, 냉장고 안에 연어도 있으니……. 아니면 혹시 내 차가 필요하다면 내 차를…… ."

그는 모호하면서도 동시에 집중적인 표정으로 계속 내 팔을 붙잡고 있었다.

그는 나를 보고 있었지만 정작 시선은 나를 보는 것이 아니었다. 그리고 나는 그 맹목의 시선, 지난번 영사실에서 내가 그처럼 강한 인상을 받았던 그 시선을 다시 본 것이다. 그것은 이 지방에서는 이방인의 시선 같았다. 나는 팔을 뿌리쳐 보려고 했으나 뿌리치진 못했다. 그때에 나는 갑자기 폴이 빨리 와 주었으면 하는 생각이 간절해졌다.

"놔요, 루이스, 나 늦겠어요."

나는 낮은 목소리로 말했다. 마치 그를 그 몽롱한 상태에서 깨우지 않으려는 듯. 나는 그의 이마와 입 둘레에 땀이 흐르는 것을 보았다. 나는 그가 몸이 아픈 게 아닌가 생각했다.

그는 문득 나를 쳐다보더니 몸을 움직여 내 팔을 놓았다.

"목걸이가 잘못 걸렸군요."

라고 그는 말했다.

그는 손을 내 목 주위로 가져가더니, 아주 능숙한 솜씨로 내 진주목걸이의 고리를 다시 채워 주었다. 그러고 나서 한 걸음 뒤로 물러났다. 그래서 나는 얼른 방을 나섰다.

그러한 일은 순간에 지나지 않았다. 그러나 나는 분명히 말해서, 나 역시 가벼운 땀방울이 내 목덜미에서 잔등 전체로 흘러내려 오는 것을 의식했다. 그러나 그것은, 남자의 손이 여자의 목에 닿았을 때에 일어날 수 있는 육체적인 흥분과는 아무 상관도 없는 것이었다. 나는 그러한 흥분을 너무나 잘 알고 있다.

그때의 그것은 그러한 흥분이 분명 아니었다.

폴은 제시간에 나타났다. 그는 루이스에게 호의적이었다. 약간 친절할 뿐이었지만 그러나 어쨌든 호의적이었다. 그래서 우리는 셋이서 칵테일을 마셨다.

나의 낙관주의가 다시 살아난 것이다. 나는 떠나면서 문턱에 선 채로 길고 홀쭉한 그림자인 양, 움직일 줄 모르는 아름다운, 너무나 아름다운 루이스에게 손을 크게 흔들며 작별 인

사를 했다.

그날 저녁은 내가 예상했던 대로였다. 나는 많은 친구들을 다시 만났고 두 시간 동안이나 폴과 춤을 추었다. 그리고 그는 유쾌한 마음으로 나를 자기 집으로 데리고 갔다. 나는 더할 나위 없는 즐거운 기분으로 캄캄한 밤 속에서 담배 냄새와 남자의 체중과 감미로운 속삭임을 다시 찾아냈다. 폴은 사나이답고도 부드러웠다. 그는 사랑한다고 말했으며 나에게 청혼을 했다. 나는 "그래요" 하고 대답했다. 원래 나는 즐거울 때면 언제나 아무 말이라도 해왔다.

이튿날 아침 여섯시에 나는 폴에게 집으로 데려다 달라고 말했다. 루이스의 창은 닫혀 있었다. 오직 아침 바람만이 내 정원의 무성한 풀잎들을 흔들어 놓고 있었다.

7

 한 달이 지났다. 루이스는 감상과 모험으로 얽힌 어느 천연색 영화에 조연으로 나가기 시작했다. 그래서 저녁 식사 때에는 사람들 입에 자주 오르내릴 정도로 그의 얼굴이 스크린에 자주 나왔다. 하지만 그는 그런 일에는 별로 신경을 쓰지 않는 것 같았다. 그는 입을 꾹 다문 채 스튜디오를 산책하다가는 캔디의 유혹을 받아 시간 나는 대로 내 사무실에서 여가를 보내는 것이었다. 그렇지 않을 때면 할리우드의 낡은 세트에서 생각에 잠기는 것이었다. 그는 특히 고정시켜 놓은 카우보이 영화의 B시리즈 세트에서 항상 생각에 잠기곤 하였다. 그 세트는 전면으로는 발코니와 나무층계와 함께 마을 전체가 드러나 보이고, 뒷부분은 텅 비고 아무것도 없는 서글프고도 병적인 음산한 분위기의 세트였다. 루이스는 그 세트 속의 꾸민 거리를 몇 시간씩 거닐다가 어느 나무계단에 걸터앉아 담배를 피우곤 했다.

나는 저녁이면 집으로 그를 바래다 주었지만 툭하면 그를 혼자 집에 놔두고 나오기가 일쑤였다. 그는 내 충고에도 불구하고 늘 혼자만 있었다.

폴은 나에게 빨리 목사 앞으로 가서 결혼을 하자고 졸랐다. 그의 말을 따르지 않기 위해서 나는 나로서의 온갖 외교적인 수단을 다 써야만 했다.

사람들은 내가 두 사나이의 매력에 끌려 양다리를 걸치고 있는 줄로 생각하고 있었다. 나는 요부인 체 해 보였다. 그것은 신경이 쓰이는 일이지만 내 기분을 훨씬 젊게 해주었다.

그러한 감미로운 상태가 거의 3주일이나 계속되었다. 아! 나는 인생을 사랑할 때엔 결코 인생의 매력을 충분히 이야기할 수가 없을 것이다. 낮의 아름다움과 밤의 동요, 알코올과 쾌락의 짜릿한 현기증, 사랑의 격정, 일의 긴장과 건강, 이 모든 시간을 자기 앞에 펼쳐 놓고 아침에 살아서 잠이 깨는 그 엄청난 행복, 잠이 다시 베개 위에 인간을 죽음의 자세로 응고시키기 전에 주어지는 그 거대한 하루…… 그 모든 것을. 나는 나를 이 세상에 태어나게 한 하늘이나 신, 혹은 내 어머니에게 아무리 감사를 한다 해도 결코 그 감사의 뜻을 다 할 수는 없을 것이다. 모든 것이 나의 것이었다—시트가 보송보송한 것도, 끈끈한 것도, 내 곁에 사랑하는 사람의 어깨도, 나의 고독도, 청회색 대양도, 스튜디오까지 뻗은 미끄럽고 번들거리는 미국의 길도, 각 방송국의 음악도, 그리고 루이스의 그 애원하는 듯한 시선도……. 거기서 나는 생각이 딱 걸려 버렸다. 나는 부끄러운 마음이 들기 시작했다. 나는 매일 저녁 그를 혼자

버려둔 것 같은 느낌이 들었다.

 내가 차를 타고 그의 영화 세트로 가서 차 문을 소리나게 연 후, 길고도 균형 잡힌 여자의 세련된 걸음걸이로 그를 향해 걸어가노라면, 언제나 추위서 웅크리고 생각에 잠긴 루이스의 모습이 눈에 띄는 것이었다. 그러면 나는 일종의 정신적인 혼란 속에 빠지며 내가 잘못 생각하고 있는 것이 아닌가 자문해 보는 것이었다―이 생활이, 이 내 생활이, 이 산다는 행복이, 이 기쁨이, 남자들의 이 사랑이, 이러한 삶의 수행이 한낱 얼빠진 미끼에 지나지 않다는 것을 내가 그 미끼에 걸린 것이 아닌가 하고……. 그리고 나는 그에게로 달려가서 그를 내 두 팔로 얼싸안고 그에게 물어야만 했던 게 아닌가 하고……. 하지만, 그에게 묻다니, 무엇을……? 무엇인가 내 안에서 섬뜩하는 것이 있었다. 그것은 내가, 나 자신, 무엇인가 미지의 것, 병적인 것, 그러면서도 결정적으로 '진실된' 그 무엇을 향해 움직이고 있는 것 같은 느낌이 들었기 때문이다. 그럴 때에 나는 손을 흔들고 웃으면서 "안녕, 루이스!" 하고 말했다. 그러면 그도 답례로 나에게 웃음을 보냈다.

 나는 한두 번 그가 촬영하고 있는 것을 본 일이 있다. 삼킬 듯이 덤벼드는 카메라 앞에서 한 마리의 짐승처럼 움직일 줄 모르는 그였다. 말하자면 너무나 카메라를 의식하지 않다 보니 마치 동물원에 갇혀 지쳐 버린 사자처럼 감히 그 시선을 감당 못 할 정도로 그는 엄숙해 보였다.

 볼튼은 그를 자기 손에 넣기로 결심했다. 그것은 그에게는 간단한 일이었다. 할리우드에서는 무엇이건 그에게 거역할 수

있는 프로듀서라고는 없었기 때문이다. 제이 그랜트도 다른 사람들과 마찬가지였다. 그래서 볼튼은 루이스를 불러다가, 그에게 제이의 계약서보다 더 좋은 조건을 제시하여 먼저 한 계약을 해약시켰다는 것이었다.

나는 화가 머리 끝까지 치밀었다. 루이스가 볼튼과 만난 일을 내게 이야기하려고 안 했기 때문에 더욱 화가 난 것이었다.

나는 그에게 꼬치꼬치 캐물었다.

"아주 큰 책상이더군요. 그는 담배를 물고 앉아 있었어요. 나더러 앉으라고 하더니, 자기는 또 누구에겐가 전화를 걸더군요."

루이스는 느릿느릿 귀찮은 듯한 목소리로 이야기했다.

우리는 테라스에 앉아 있었다. 그리고 나는 그날 밤은 외출을 안 하기로 결심했다.

"그래, 당신은 뭘 하고 있었지요?"

"그 사람의 책상 위에 잡지가 한 권 뒹굴고 있기에 그것을 읽기 시작했지요."

그 말에 나는 기분이 다시 풀리기 시작했다. 제리 볼튼의 면전에서 잡지를 읽고 있는 한 청년의 모습은 아주 유쾌한 풍경임에 틀림이 없었기 때문이다.

"그랬더니?"

"전화를 끊고 나서 제게 묻더군요. 치과에 와 있는 줄 아느냐고요."

"그래, 뭐라고 대답했어요?"

"그렇지 않다고 대답했죠. 게다가 난 치과엔 가본 일이 없다고 대답했습니다. 전 이가 아주 좋거든요."

그는 내게로 몸을 기울이고 자기가 한 말이 사실이라는 것을 증명해 보이기 위해 집게손가락으로 윗입술을 치켜 올렸다. 그는 이리와 같은 희고 날카로운 이를 가지고 있었다. 나는 고갯짓으로 그것을 시인했다.

"그러고는?"

"그러곤 그만이죠. 그는 무엇인가 중얼거리더니 하는 말이 내게 관심을 가져 주겠다더군요. 그리고 나를 더 좋은 조건으로 해서, 앞길을…… 뭐라고 하더라? 아! 눈부신 앞길을 걸어가게 해주겠다더군요" 하고 말하더니 갑자기 웃기 시작했다.

"'눈부신'이라…… 나를! ……그래, 난 그에게 이렇게 말했죠. '그런 건 난 아무래도 좋아요'라고요. 그리고 난 돈이나 많이 벌었으면 좋겠다고 대답했지요. 전, 말이죠, 롤스로이스를 하나 발견했어요."

"뭘요?"

"롤스로이스 말이에요. 요전 날, 당신이 폴과 같이 얘기하던 차 말이에요. 그 차는 몸을 구부리지 않고 그대로 서서 탈 수 있거든요. 전 당신을 위해서 그걸 하나 구했습니다. 20년 된 거지만 차가 높고 내부가 온통 황금빛입니다. 내주엔 가져 올 수 있어요. 볼튼은 제가 그 차값을 치를 수 있을 만한 충분한 돈을 주겠다고 약속했으니까요. 그래서 저는 계약서에 사인했습니다."

나는 잠시 아연해서 정신을 차리지 못했다.

"나를 위해서 롤스로이스를 샀다는 얘긴가요?"

"그거 가지고 싶지 않으십니까?"

"아니, 나를 철없는 계집애들처럼, 그렇게 하면 내 소원을 풀어줄 수 있다고 생각했단 말이에요? 당신 미쳤어요?"

그는 진정하라는 듯이 온후한 몸짓을 했다. 그 몸짓은 그를 나이보다 좀더 어른같이 보이게 하였다.

우리는 사실 그와는 반대로 비록 플라토닉하기는 해도 우리 같은 상황 속에 놓인 사람들에게 일반적으로 해당되는 역할을 해왔던 것이다. 그런데 그것이 우습게 되어 버린 셈이다. 그는 그것을 내 눈빛을 보고 느낀 모양이었다. 왜냐하면 그의 얼굴에 구름이 끼면서, "전, 당신을 기쁘게 해드리고 싶었어요"라고 말했기 때문이다. 그러고는, "죄송합니다. 전, 오늘 밤으로 떠나겠습니다"라고 했다.

내가 채 입을 벌릴 겨를도 없이 그는 일어서서 베란다 밖으로 나갔다.

나는 수없이 후회를 하며 아픈 마음으로 자리에 누웠다.

자정쯤에 나는 다시 일어나 그에게 감사와 사과의 편지를 썼다. 그러나 그 편지가 너무나 애절하게 써져서, 몇 대목은 다시 지워 버리지 않을 수 없었다.

나는 편지를 그의 베개 밑에 끼워 놓고, 한참 동안 그를 기다리느라고 뜬눈으로 새웠다. 하지만 새벽 네시가 되어도 그는 돌아오지 않았다. 그래서 나는 안도와 슬픔이 엇갈리는 가운데 그가 마침내 여자를 하나 찾았구나 하는 결론을 내렸다.

잠을 못 잤기 때문에 아침나절은 계속 전화 수화기를 내려놓고 있었다. 그래서 그 사건을 열두시 반쯤에나 하품하며 스튜디오에 나갈 때까지 전혀 모르고 있었다.

캔디는 몹시 흥분했었고 새까만 눈을 굴리며 의자에 앉아 있었다. 그 여자는 마치 타이프라이터가 목뼈에라도 걸려 있는 것 같았다.

그 여자는 내 목에 와락 매달리며 말했다.

"도로시는 그걸 어떻게 생각하세요?"

"아니, 도대체 뭘?"

"모르세요?"

그녀의 얼굴에는 기쁨의 빛이 한층 더해졌다.

"제리 볼튼이 죽었어요."

소름이 끼치는 일이지만 나는 그 여자와 마찬가지로 그리고 그 밖의 스튜디오의 모든 사람들과 마찬가지로, 그것이 몹시 반가운 소식이라는 생각이 든 것을 고백하지 않을 수 없다.

나는 그 여자와 마주 앉았다. 캔디는 벌써부터 마치 그 일을 축하라도 하려는 듯 스카치 병과 잔 두 개를 꺼내는 것이었다.

"그런데 어떻게 죽었대?

루이스가 어제 오후까지만 해도 그를 보았다던데."

"살해당했대요."

캔디는 여간 좋아하는 것이 아니었다. 나는 혹시 나의 완만한 표현의 문학이 그 여자가 그런 멜로드라마적인 억양을 지어서 쓰는 데에 책임이 있지나 않을까 하고 잠깐 자문해 보았다.

"아니, 누구한테?"

그녀는 갑자기 거북하고도 청교도적인 얼굴을 했다.

"이런 얘길 해도 될지 모르겠는데요, 볼튼 씨가…… 글쎄…… 얘기 듣기에는 소행이…… ."

"캔디!" 나는 준엄하게 말했다. "모든 사람은 그게 다 어떤 것이든 제각기 비밀 소행이 있게 마련이에요. 어서 얘길 해봐요."

"볼튼 씨의 시체가 마리뷰 옆에 있는 어느 비밀 별장에서 발견되었는데, 아마 마리뷰는 볼튼 씨가 오래 다니던 단골 별장인 모양이에요. 볼튼 씨는 어떤 청년하고 같이 거길 올라갔었는데, 그 청년은 그 후에 자취를 감추었고, 그 청년이 볼튼 씨를 죽인 모양이더군요. 라디오에서는 치정살인이라고 보도하던데요."

사실, 제리 볼튼은 30년 동안 그가 누리는 유희를 한사코 숨겨 왔던 것이다. 그동안 그는 달랠 길 없는 청교도적인 홀아비 행세를 지켜 왔다. 그 30년 동안을 그는 나약한 젊은 주연배우들에게 흙탕물을 끼얹어 주었으며 그 중에는 여자의 앞날을 아주 망쳐 놓은 일도 한두 번이 아니었다. 결국은 자기 방위를 위해서 그랬을 것이니 그야말로 자기 마음대로 살아왔던 것이다.

"그런데 왜 사건을 조용하게 수습하지 못했을까?"

"아마, 살해자가 직접 경찰과 신문사에 전화를 했다나 봐요. 그래서 밤 열두시쯤 그들이 시체를 찾아냈대요. 그 사람들도 더 이상은 막을 도리가 없었던 거죠. 호텔 주인이 전부를 고백할 수밖에 없었나 봐요."

나는 기계적으로 테이블 위에 있던 잔을 들었다가 염오를 느껴 다시 그것을 내려놓았다. 술을 마시기엔 아직 때가 일렀던 것이다.

나는 공연히 스튜디오 안을 한 바퀴 돌았다. 모두들 술렁거리고 있었다.

나는 명랑한 체하면서 말할 수 있지만, 그것이 나는 불쾌하게 느껴졌다. 말하자면 한 남자의 죽음이 결코 나를 기쁘게 할 수는 없다는 얘기다. 그러나 그들은 모두가 지난날에 볼튼에게 모욕을 당했거나 혹은 그로 인해 상처를 입은 사람들이었다. 그래서 그의 죽음과 비밀이 동시에 드러나자, 그 사건은 그들에게 어떤 불건전한 활기를 불어넣어 주었다. 나는 그들 사이를 재빨리 빠져나와 루이스의 세트로 갔다. 그는 여덟 시간 전부터 촬영을 계속하고 있었다. 게다가 그 전날 밤도 외박을 했으니 아주 싱싱할 수는 없었다. 그렇건만, 내가 그를 보았을 때, 그는 미소를 띠며 태연한 자세로 무대장치의 기둥에 기대어 서 있었다. 그는 나를 향해서 걸어왔다.

"루이스, 그 뉴스 아세요?"

"네, 물론이죠. 초상이 났으니까요, 내일은 촬영 안 한대요. 그러니 뜰을 좀 가꿀 수 있을 겁니다."

그는 잠시 말을 끊었다가 다시 말했다.

"내가 그 사람에게 행운을 갖다 주었다고는 말할 수 없겠죠."

"당신의 앞날을 위해서는 매우 난처하게 됐어요."

그는 손으로 지극히 초연한 몸짓을 해보였다.

"루이스, 내 편지 봤어요?"

그는 나를 쳐다보았다. 그러더니 갑자기 얼굴빛을 붉혔다.

"아뇨. 간밤에 집에 안 들어갔어요."

나는 웃음을 터뜨렸다.

"그건 당신에게 아주 당당한 권리에요. 다만, 난 당신에게 쓴 편지에 내가 롤스로이스 때문에 황홀해 있다는 것과, 너무나 놀란 나머지 그만 내 마음을 당신에게 제대로 이해시키지 못했던 것을 설명했던 것 뿐이에요. 나는 곧 마음이 아팠으니까요."

"저 때문에 마음 아파하시면 안 됩니다!"

하고 그는 말했다.

사람들이 그를 불렀다. 그는 갈색머리에 입을 벌리고 있는 제인 파우어라는 처녀역을 맡은 여배우와 짤막한 러브신을 촬영하게 되어 있었다. 그녀는 눈에 띄게 열렬히 루이스의 팔에 안겼다.

나는 생각하였다—루이스는 앞으로는 수시로 밤에 집을 비우게 되리라고. 결국은 그것이 정상적인 일인 것이다.

나는 스튜디오의 식당 쪽으로 발길을 돌렸다. 그곳에서 나는 폴과 점심을 먹기로 되어 있었기 때문이다.

8

루이스가 샀다는 그 롤스로이스는 엄청나고, 정신을 어리 둥절하게 만드는 물건이었다. 지붕이 접는 식으로 된 그 차는 검은빛의—혹은 오래되어 검은빛이 되었는지도 모를—쿠션들과 둘레가 벗겨진 구리 핸들을 가진 더러운 흰 색의 차였다. 그 차는 아마도 1925년형인 것 같았다. 그것은 아주 골칫덩어리였다. 내 차고는 차를 한 대밖에는 들여놓을 자리가 없었기 때문에, 우리는 그 차를 가뜩이나 좁은 정원에 그대로 두어야만 했다. 그러자 풀들이 차 양쪽으로 무질서하게 삐쭉삐쭉 뻗쳐 나왔다.

루이스는 어린애같이 좋아서 안절부절못했다. 그는 차 주위를 빙빙 도는가 하면, 운전수 뒷자리에 가서 앉느라고 내 베란다에 있는 그의 안락의자까지 내버려 두는 판이었다. 차츰차츰 그는 책이며 담배며 술병들을 차 안으로 옮겨 갔다. 그리고 스튜디오에서 돌아오자마자 곧 차로 가서 다리를 문 위에 올려놓고 저녁 냄새와 낡은 쿠션에서 풍기는 곰팡내를 맡으며 앉아 있곤 했다. 다행히도 그는 그 차를 움직이게 하겠다는 말

은 하지 않았다. 그것이 바로 차의 근본 문제였는데도 말이다. 나는 도대체 그 차가 어떻게 해서 집 안까지 들어올 수 있었는지 알 수가 없었다.

우리는 두 사람의 합의로 그 차를 일요일마다 닦기로 결정했다. 손질을 하지 않아서 무성한 정원에 마치 동상처럼 서 있는 롤스로이스 25년형을 일요일 아침에 세차를 해보지 못한 사람은 인생의 커다란 기쁨 하나를 모르고 지날 것이다. 차의 외부만 닦는 데 한 시간 반, 그리고 차 안을 닦는 데도 또 한 반 시간 가량이 필요했다. 나는 처음에는 헤드라이트와 라디에이터의 앞부분, 그러니까 차의 앞면만을 닦으면서 루이스를 거들어 주었을 뿐이었다. 그러다가 나중에는 혼자서 쿠션에 달려들었다. 내부가 나의 영역이었다.

나는 일찍이 내 집에서는 한 번도 경험이 없었던 가정적인 여자로 되어 버린 것이었다. 나는 쿠션에 밀초를 곱게 바르고 부드럽게 만들었다. 그리고 계기판의 나무를 닦아 윤을 내기도 했다. 그 다음엔 속도판 위에 입김을 불었다가 다시 그 김을 지워 버리면 행복한 나의 눈앞에 80마일이라는 과속의 숫자가 빛나는 것을 보곤 하였다. 루이스는 차 밖에서 T셔츠 차림으로 타이어와 완충장치 닦기에 정신이 없었다.

이렇게 해서 열두시 반 쯤 되면, 롤스로이스는 번쩍번쩍하고 으리으리해져서 우리는 미친 듯이 기뻐하는 것이었다. 우리는 칵테일을 마시며 차 주위를 빙빙 돌며 일요일의 오전을 자축하곤 하였다. 나는 그 이유를 알고 있다. 그것은 그 차가 완전한 무용지물이었기 때문이다. 그 다음엔 또 한 주일이 지나갈 것이다. 그러면 그동안에 가시풀들이 차 위에 덩굴을 칠 것이며, 우리는 결코 그 차를 사용하지는 않을 것이다. 그러다가 다음 일요일이 오면, 우리는 다시 그 일을 시작할 테니. 그러면 우리는 다시 둘이 다 어린애 같은 기쁨, 지극히 분별 없는, 무보수의 크나큰 기쁨을 맛보는 것이었다.

 이튿날, 월요일이 되면, 우리는 다시 보수를 받는, 어김없는 일상적인 일, 우리에게 먹고 마시고 잠잘 수 있게 해주는 일, 우리의 생활에서 '남들'을 안심시켜 주는 일들로 돌아가는 것이었다.

 그런데, 아! 나는 이따금 인생과 그 톱니바퀴와 같은 생활을 얼마나 증오해 왔던가! 참으로 우스운 일이다. 아마 인생을 그 모든 상태 속에서 열렬히 사랑하려면, 전에도 내가 늘 그래왔듯이 인생의 근본은 증오하게 마련인 모양이다.

 9월 어느 날 저녁에 나는 루이스의 스웨터를 둘러쓰고 베란다에 비스듬히 누워 있었다. 그것은 두텁고 꺼칠꺼칠하고 따뜻한 스웨터지만, 나는 그런 스웨터들을 좋아했다. 어느 날 나는 억지를 부리면서 그를 어느 상점으로 끌고 가서—월급도 많았으니까—옷장을 하나 새로 마련하게 한 일이 있었다. 그러고 나서 늘 그의 스웨터를 빌려 입었다. 그것은 내가 생각해도 나와 친한 친구들이 진심으로 나에게 충고할 수 있는 나의 나쁜 버릇 중의 하나다.

그날 나는 베란다에서 유난히 더 시시한 시나리오의 대본을 읽으면서 졸고 있었다. 그 시나리오는 3주일 내에 대사를 전부 쓰기로 되어 있었다.

지금 생각에, 그것은 어느 모자라는 처녀가 지성적인 남자를 만나게 되어 그 남자와 사랑함으로써 활짝 핀다는, 혹은 그 비슷해진다는 이야기였던 것 같다.

그런데 이상하게도 나는 그 모자라는 처녀가 그 지성파라는 남자보다 훨씬 총명하게 생각되었다. 어쨌든 그것은 그 당시 베스트셀러 소설이어서 그 내용을 함부로 바꿀 수는 없는 노릇이었다. 그래서 나는 하품을 하면서 루이스가 돌아오기만을 간절히 바라고 있던 참이었다.

그런데, 갑자기 나의 눈 앞에 나타난 것은 누구였을까? 그것은 검은색에 가까운 초라한 정장에 목에는 커다란 값싼 목걸이를 하고 치네치타*에서 돌아온 그 유명한 이상형이라던 바로 루엘라 수림프가 아닌가!

그녀는 보잘것없는 내 집 앞에서 내리더니 서인도인 운전수에게 몇 마디 소근소근한 다음에 내 집 문을 밀었다. 그녀는 불편하게 롤스로이스를 한 바퀴 빙 돌아서 왔다. 그 여자가 나를 보자, 그 검은 눈에 어리둥절한 빛이 떠올랐다.

---

* 영화도시란 뜻으로 이탈리아 로마 교외에 있는 영화 촬영소.

내 모습이 몹시 우스웠던 모양이다. 머리는 눈까지 덮고 커다란 스웨터를 뒤집어 쓴 채 긴 둥근 의자에 푹 파묻혀 있고, 옆에는 스카치 병이 놓여 있었으니까. 나는 마치 테네시 윌리엄스의 어느 여주인공, 고독한 알코올 중독자와 같은 모습을 하고 있었으니까. 그녀는 세번째 계단에서 멈추더니 힘없는 목소리로 "도로시, 도로시……" 하고 내 이름을 불렀다.

나는 멍하니 그 여자를 쳐다보았다. 루엘라 수림프라면 하나의 국가기관이나 다름없었다. 그 여자가 한 번 움직이려면 수행원들이 따르고 애인과 십여 명의 사진사들이 쫓아다니게 마련이었다. 그런데 그런 여자가 내 정원에서 뭘 하겠다는 걸까? 우리는 마치 두 마리의 올빼미처럼 서로 쳐다만 보고 있었다. 그러면서도 나는 그녀가 자기 자신을 기가 막히게 잘 보호한다는 생각이 들었다. 그녀는 마흔세 살인데도 스무 살 난 처녀와 같은 아름다움과 윤기 나는 피부를 지니고 있었다.

그녀는 또 한 번 "도로시" 하고 다시 불렀다. 그래서 나는 간신히 의자에서 몸을 일으키며 다 꺼져 가는, 그러면서도 상냥한 목소리로 "루엘라" 하고 불러 보았다. 그러자 그녀는 어린 사슴마냥 후다닥 계단을 뛰어 올라왔다. 그녀의 옷 밑으로 젖가슴을 흔드는 그 유명한 몸짓이 또다시 나타났.

그러고는 와락 내 팔에 매달렸다. 나는 그때서야 비로소 우리 둘이 다 프랭크의 미망인이라는 사실을 깨달았다.

"글쎄, 도로시, 그때 내가 없었던 걸 생각하면……. 그 모든 걸 다 당신 혼자서…… 일을 치루었어야 했던 걸 생각하면……. 모든 일을 잘 처리했더라고, 모두들 내게 그 얘길 합

디다만……. 내가 진작 당신을 보러 왔어야 했을 것을…… 꼭 그랬어야 했을 걸, 그만……."

그녀는 이미 5년째 프랭크를 전혀 거들떠보지도 않았거니와, 그동안에 한 번도 만나본 적이 없었다. 그러니 내 짐작으로는, 그 여자가 그때에 온다는 것은 하루의 반나절을 완전히 허비하는 격이었을 것이요, 또한 그녀의 새 연인이 그녀가 그러한 감정을 품는 것을 좋아하지 않았을 것 같았다. 그녀는 이런 종류의 슬픔을 스스로 당하는 것이 몹시 귀찮은 듯한 그러한 여자에 불과했을 뿐이다. 그래서 나는 냉담하게 그녀에게 의자와 잔을 권했다. 그리고 나는 그녀에게 모든 것을 용서한다는 말부터 꺼냈다. 이렇게 해서 우리는 이야기가 서로 얽히게 된 것이다.

사실, 나는 약간의 재미마저 느꼈었다.

그녀의 말에는 약간씩 진실성이 섞여 있었으나 상투적인 말투로, 정말 무섭고도 잔인한 행위를 이야기하고 있었다.

루이스가 돌아왔을 때엔 우리가 1959년의 여름을 회상하고 있을 때였다. 그는 롤스로이스의 완충기 위로 뛰어올랐다. 그는 웃고 있었고 몸이 홀쭉한 미남이었다. 그는 낡은 잠바에 리넨 바지를 입고 있었으며, 그의 검은 머리는 눈을 덮고 있었다. 그 모든 것은 늘 보는 그대로였으나 그날은 특별히 루엘라의 시선 속에서 그를 본 것이다.

그녀는 참으로 설명할 수 없는 묘한 몸짓을 했다. 그녀는 비틀거렸다. 마치 말이 장애물에 부딪쳤을 때와 같이, 혹은 한 여자가 몹시 바라던 남자가 돌연히 나타났을 때 그 앞에서 그렇듯이, 그렇게 비틀거렸다.

루이스는 그녀를 보자, 활짝 웃던 그 미소를 싹 거뒀다. 그는 낯선 사람들은 누구나 싫어했다.

나는 상냥하게 그를 소개해 주었다. 그러자 루엘라는 특이하고도 유명한 무기를 보이기 시작했다. 그녀는 바보도 아니

었고 요부도 아니었다. 그녀는 머리가 좋은 여자였고 상류사회의 여자였으며 직업적인 여자였다. 나는 나 자신도 그녀의 그 다양한 역량에 감탄하고 있었다. 그녀가 루이스를 현혹시키기엔 단 1초도 안 걸릴 것이다. 그러니 그를 유혹하려 들지도 않았다. 그녀는 집을 한 번 둘러보고는 차에 대한 이야기를 하고, 나른한 손으로 스카치 잔을 들었다. 그러고는 무심한 듯한 목소리로 루이스의 계획을 물어보았다. 요컨대, 상냥하고 손쉽게 인생을 살아가는 여자의 전형인 것이다. 그 모든 것에서 멀리 떨어져 있었으면서도(할리우드가 그랬으니까).

그녀가 내게 보낸 시선 하나로 그녀가 루이스를 내 애인으로 생각했으며, 그를 내게서 빼앗겠다는 결심이 서 있음을 동시에 알 수 있었다.

그것은 그 불쌍한 프랭크 이후로는 제법 굉장한 일이다. 그러나 결국은…… .

솔직히 말해서, 나는 약간 약이 올랐었다. 그녀가 루이스와 재미를 보는 것은 그래도 용서할 수 있을 것이다. 하지만 나를 거기까지 조롱한다는 것은……. 그녀의 자만심이나 또 그녀가 저지르는 바보 같은 짓은 정말 몸서리가 날 지경이었다.

나는 6개월 동안에 처음으로 루이스가 마치 내 애인인것 같은 행동을 취했다. 그는 땅바닥에 앉아서 별로 말도 없이 우리를 쳐다보고 있었다.

나는 그에게 손을 내밀면서, "내 의자에 기대요, 루이스. 그러고 한참 있으면 어깨가 아프잖아요" 하고 말했다.

그는 내 의자에 몸을 기댔다. 그리고 나는 아무렇지도 않은 듯이 손으로 그의 머리를 쓰다듬었다. 그러자 그는 대뜸 머리를 뒤로 젖히며 내 무릎 위에 기댔다. 그는 눈을 감고 있었다. 그리고 무한히 행복한 표정으로 웃고 있었다. 그래서 나는 그의 머리에서 손을 뗐다. 마치 내 몸에 불이라도 붙었던 것같이.

루엘라의 얼굴빛이 새파래졌다. 그러나 그것이 나에게는 아무런 기쁨도 주지 못했다. 나 자신이 부끄러웠던 것이다. 그런데도 루엘라는 한동안 이야기를 계속했다. 그러더니 루이스가 끝내 무릎에서 고개를 들지 않고 그 얘기에 전혀 흥미가 없는 것같이 보이자, 그 여자는 존경하리만큼 더 침착하게 이야기를 계속했다.

하긴 우리는 순수한 연애를 하는 것같이 보였다. 처음에는 거북하더니 그 고비가 지나자, 나는 웃음이 터지려는 듯한 기분을 느꼈다.

마침내 루엘라는 단념하고 자리에서 일어섰다. 나도 그녀와 같이 움직였다. 그것은 분명히 루이스의 감정을 흐트러 놓은 것 같았다. 그는 벌떡 일어서더니, 루엘라를 너무나 차갑고 지겨운 듯한 그리고 한시 바삐 몰아내려는 듯한 눈으로 바라보았기 때문에 그녀 쪽에서도 루이스를 마치 하나의 사물을 보듯 냉정하게 노려보았다.

"도로시, 난 이만 가야겠어요. 혹시 폐를 끼친 게 아닌지 걱정이 되는군요. 하지만 난 당신의 친구로서 당신 곁을 떠나가는 거예요. 설령 좋은 친구는 안 될지 몰라도."

　루이스는 맞서지 않았고 나도 그랬다.

　그녀의 서인도인 운전수는 벌써부터 문을 붙잡고 있었다. 루엘라는 안절부절못하고 있었다.

　"선생님께선 부인들이 왔다갈 때엔 당연히 문까지 배웅해야 한다는 사실을 모르시나요?"

　그녀는 루이스 쪽으로 돌아서 있었다. 그러나 나는 그녀가 아마도 평생 처음으로 그녀의 그 유명한 자제력을 잃고 있는 소리를 들었다.

　"부인들이요? 그렇죠."
하고 루이스는 태연히 말했다.

　그러나 그는 움직이지 않았다. 그러자 루엘라는 루이스의 뺨이라도 후려칠 듯이 손을 번쩍 들었다. 나는 눈을 감았다. 루엘라는 뺨 잘 치기로 스크린에서나 실생활에서 유명한 여자였다. 그녀는 뺨을 잘 후려치는데, 처음에는 손바닥으로, 그 다음에는 손등으로, 두 경우를 다 어깨 하나 움직이지 않고 잘 치는 것이었다. 그런데 루이스의 앞에서는 그녀의 손이 딱 멈췄다. 이번에는 내가 루이스를 쳐다보았다. 그는 아무것도 보이지도 들리지도 않는 사람같이 꼼짝 않고 서 있었다. 그러한 그를 나는 전에도 한 번 본 일이 있었다. 그는 천천히 숨을 쉬고 있었다. 그리고 그때와 똑같이 작은 땀방울이 입 언저리에 쫙 솟아 올랐다. 루엘라는 뒤로 한 걸음씩 물러섰다. 마치 자기 손이 루이스에게 미치지 않으려는 듯이.

　그녀는 두려웠던 것이다. 그리고 나 역시 두려웠다.

"루이스."

하고 나는 말했다.

나는 그의 소매를 잡았다. 그는 고개를 번쩍 들더니 루엘라 앞에 완전히 구식으로 몸을 숙였다. 그녀는 우리를 뚫어지게 노려보았다. 그러고는

"도로시, 나이도 들고 예의를 아는 사람을 불러들여야겠어요."

하고 내게 말했다.

나는 대꾸하지는 않았지만 가슴이 철렁 내려앉는 것 같았다. 내일이면 전 할리우드가 모두 알게 될 것이다. 그리고 루엘라는 반드시 복수를 할 것이다. 그러면 그 소문은 약 보름 동안이나 계속 퍼질 것이다. 루엘라가 가버리자 나는 루이스에게 몇 마디 나무라지 않을 수가 없었다. 그는 딱한 듯이 나를 바라보더니,

"그게 그렇게 걱정이 되십니까?"

하고 물었다.

"그래요. 난 쓸데없는 소문 듣는 걸 아주 싫어해요."

"그럼 제가 미리 손을 쓰면 되겠지요?"

하고 그는 조용하게 말했다.

다음 날 아침, 루엘라는 그녀의 카브리올레형型 자동차를 타고 스튜디오로 가는 도중 커브길에서 미끄러져 생페르낭도 계곡 백 미터 아래로 떨어져 죽었다.

9

 장례식은 매우 화려했다.
 두 달 사이에 제리 볼튼과 함께, 그것도 둘이 다 매우 비참하게 사라져 간 할리우드의 두 명사의 죽음이었다.
 생존한 많은 사람들로부터 보내 온 수많은 꽃다발들이 그녀의 무덤에 놓여졌다.
 나는 폴과 루이스를 동반하고 묘지로 갔었다. 나로서는 그것이 세번째였다. 첫번째가 프랭크였고, 그 다음은 볼튼 때였다. 그래서 나는 또 한 번 그 공들여 가꾸어진 가로수 길을 걸어가게 되었다. 나는 그곳에다 세 사람을 갖다 묻은 셈이다.
 그 세 사람은 서로가 너무나 다른 사람들이었다. 그러나 셋은 다 똑같이 약하면서도 잔인하였으며, 욕심 많고, 그러면서도 인생을 재미없이 살았다. 그리고 또 자기들 자신에게나 다른 사람들에게 있어서나 불가사의한 일종의 광란에 사로잡혔던 세 사람이었다. 인간과 인간의 가장 내면적인 욕망이나 행복에 대한 소망 사이에는 그 무슨 벽이 가로놓여 있는 것일까? 그것은 인간들이 마음속에 그리는 행복, 그러나 그들의 인생과는 끝내 융화될 수 없는 행복의 환상일까? 그것은 시간일까, 아니면 시간의 부재일까? 유년 시절부터 가꾸어 온 향수일까?

집에 돌아와서 폴과 루이스 사이에 앉은 나는 그 문제에 대하여 그들의 지식과 별들에게 오랫동안 이야기를 나누었다. 그러나 그 어느 것도 나에게 시원한 해답을 주지는 못했다. 심지어는 별들도 나의 두 친구들의 눈동차처럼 내 이야기에 그저 희미하게 깜빡거릴 뿐이었다. 그래서 나는 축음기에 라트라비아타를 걸어놓았다. 전형적으로 낭만인 그 음악은 항상 나를 이끄는 것이었다.

나는 마침내 그들의 침묵에 화가 났다.

"결국 루이스, 당신은 행복해요? 당신 말이에요."

"행복합니다."

그의 그처럼 간결하고 명확한 대답에 나는 실망했던 것 같다. 그래서 나는 집요하게 물고 늘어졌다.

"그래, 행복한 이유를 알아요?"

"모릅니다."

나는 폴에게로 고개를 돌렸다.

"폴, 당신은요?"

"난 빨리 완벽하게 행복해지기를 바라고 있을 뿐이오."

우리들의 결혼을 암시하는 그 말에 나는 약간 허탈해지는 것을 느꼈다.

나는 교묘하게 그러나 재빨리 말머리를 돌렸다.

"요컨대, 자 보세요. 우린 셋이 다 여기 모였어요. 날씨는 온화하고, 지구는 둥글고 우린 건강해요. 그러니 우린 행복한 거죠……. 그런데 왜 우리는 모든 관계가 이처럼 굶주리고, 무엇엔가 몰린 듯한 모습을 하고 있을까요? 무엇 때문이죠?"

"유감스럽게도," 하고 폴이 퉁명스럽게 말했다. "난 그런 건 전혀 모르오. 그런 문제라면 신문이나 읽으시오. 그런 문제에 대한 앙케이트가 수두룩할 테니."

"어째서, 아무도 나하고는 진지하게 얘기를 하려 들지 않지요?" 하고 나는 발끈 화를 내며 말했다. "내가 바본가요? 내가 아주 멍텅구리인 줄 알아요?"

"당신하고는 행복에 대해서 진지하게 얘기할 수 없어요" 하고 폴이 말했다. "당신 자신이 바로 그 산 해답이니까. 난 하느님 그 자체와 함께 하느님의 존재를 토의할 수 없어요."

"그건 왜냐하면……" 하고 루이스가 불쑥 입을 열었다. 그는 말을 더듬고 있었다. "왜냐하면, 그건 당신이 착한 여자니까 그래요."

그는 갑자기 자리에서 일어났다. 그러자 그의 모습이 거실

의 불빛에 드러났다. 마치 예언자처럼 손을 들고 서 있는 모습이 이상한 모습으로 비치었다.

"당신은…… 당신도 아시겠지만……, 당신은 선량한 여자예요. 사람들은 대개 선량하질 못하죠. 그래서…… 그들은 그들 자신까지도 선량할 수가 없습니다. 그리고…… "

"아, 참……" 하고 폴이 화제를 돌렸다. "한잔 더 하면 어떨까요? 좀더 명랑한 장소에서 말이오. 루이스, 가겠소?"

폴이 그를 초대한 것은 그때가 처음이었다. 그리고 내가 깜짝 놀란 것은 루이스가 그 뜻에 응한 것이다.

우리는 정장한 옷을 입지 않고 있었기 때문에 말리부 옆에 있는 비트족의 나이트클럽으로 가기로 했다.

우리 셋은 폴의 재규어 승용차에 끼여 앉았다. 그때에야 비로소 나는 우리가 루이스를 처음 만났을 때보다 그가 훨씬 나아진 것을 깨닫고 빙그레 웃었다.

우리는 가벼운 농담을 주고받으며 차 뚜껑을 닫고는 귀와 눈으로 바람을 헤치며 쏜살같이 도로를 달려 내려갔다. 나는 애인 폴과 나이 어린 동생, 아니 거의 아들 격인 루이스, 두 사람이 다 미남이고, 관대하며 친절한―내가 사랑하는 두 사람 사이에 끼어 매우 즐겁고 기분은 아주 상쾌했다.

나는 그때에 땅속에 묻히 불쌍한 루엘라를 생각해 봤다. 내게는 엄청난 행운이 주어졌으며, 그래서 인생이란 기가 막힌 것이라고 나는 생각하고 있었다.

문제의 그 나이트클럽은 다소의 차이는 있으나, 어쨌든 수염과 머리칼이 텁수룩한 젊은이들의 무리로 꽉 차 있었다. 그

래서 우리는 조그만 테이블 하나를 얻는 데 여간 애를 먹은 것이 아니었다.

 만약, 폴이 내 토론을 피하기 위해 이곳엘 왔다면 그는 성공한 셈이었다. 왜냐하면, 음악이 너무나 시끄러워서 얘기라곤 단 한 마디도 할 수 없었기 때문이다. 그러나 젊은 무리들은 음악 소리에 신이 나서 날뛰며 야단이었고 스카치도 마실 만했다.

 그래서 처음에는 루이스가 없어진 것을 알지 못했었다. 나는 그가 다시 테이블에 와서 앉았을 때에 비로소 그의 약간 흐릿해진 시선을 깨달았던 것이다. 그리고 나는 약간 놀랐다. 그가 별로 술을 마시지는 않았기 때문이다.

 장내가 환호성으로 떠들썩해진 틈을 타서, 나는 폴과 함께 춤을 추었다. 그리고 다시 테이블에 앉으려고 올라오는데, 그때에 사고가 났다.

 나는 땀에 흠뻑 젖은 수염이 텁수룩한 한 청년과 부딪쳤는데 그는 나를 테이블 옆으로 떼밀었다. 나는 자연스럽게 '미안합니다' 하고 입속으로 중얼거렸다. 그러나 그는 휙 돌아서더니 나를 노려보았다. 매우 화가 난 듯한 얼굴이어서 나는 그만 덜컥 겁이 났다.

 그는 열여덟 살쯤 되어 보였다. 밖에는 커다란 오토바이가 서 있었으며, 그의 뒤에는 유리컵들이 너저분하게 널려 있었다. 그는 잡지에서 귀에 못이 박히도록 떠들고 있는 소위 그 유명한 점퍼족의 하나인 것만 같았다. 그는 문자 그대로 나에게 으르렁거리며 덤벼드는 것이었다.

"뭐야? 늙은 게."

나는 화가 머리 끝까지 났다. 순간 내 앞을 휙 스치면서 그 청년의 목덜미에 달려드는 사나이가 있었다. 그는 바로 루이스였다.

두 청년은 쓰러진 테이블들과 춤추는 사람들의 발길 한가운데로 요란한 소리를 내면서 서로 얽혔다.

나는 째지는 듯한 목소리로 폴을 불렀다. 그리고 나는 폴이 1미터쯤 떨어진 곳에서 군중들을 헤치며 나오려고 애쓰는 모습을 발견했다. 그러나 신이 난 젊은이들은 싸우고 있는 두 청년을 삥 둘러싸고 있었기 때문에 폴은 도무지 길을 열 수가 없었다.

나는 "루이스, 루이스!" 하고 소리 질렀으나, 그는 계속 상대방의 목덜미를 움켜쥔 채 이상한 신음 소리를 내며 마룻바닥에 구르고 있었다.

그것이 약 1분 동안, 악몽과 같은 시간이 약 1분은 계속되었다. 그러더니 갑자기 두 청년의 몸짓이 멈추면서 한 청년이 다른 청년 위를 덮친 채 꼼짝도 안 했다. 실내가 컴컴해서 그들을 잘 가려 보기가 힘들었지만 그러나 이 급작스런 부동의 자세는 차라리 치고 때릴 때보다도 더 몸서리가 쳐지는 것이었다.

별안간 누군가가 소리를 질렀다.

"둘을 떼어 놓아요, 어서 빨리 둘을 떼어 놔야 해요……."

그때 바로 폴은 내 곁에까지 와 있었다. 그는 맨 앞의 구경꾼들을 밀치고 안으로 뛰어들었다. 그때에야 비로소 나는 루

이스의 손을 분명히 볼 수가 있었다. 그의 길고도 비쩍 마른 손이 그 청년의 목덜미를 정신 없이 꽉 움켜잡고 있었다.

나는 폴이 그 손을 잡고 손가락을 하나하나 펴는 것을 보았다. 그러는 동안 나는 뒤로 떼밀렸고, 넋을 잃은 채 의자 위에 푹 주저앉았다.

한쪽에서는 사람들이 루이스를 꼼짝 못 하도록 붙잡고 있었고, 또 다른 쪽에서는 검은 점퍼의 그 청년에게 기운을 차리도록 부축하고 있었다. 하지만 아무도 경찰을 부르려 하지 않음이 분명해져서, 우리들 셋은 숨을 몰아쉬며 머리카락은 헝클어진 채 밖으로 나올 수가 있었다.

루이스는 침착해 보였다. 침착하고도 맥풀린 것같이 보였다. 우리는 서로 말 한 마디 없이 다시 재규어 승용차에 올랐다.

폴은 숨을 깊이 들이마신 후에 담배 한 대에 불을 붙이고는 그 담배를 내게 내밀었다. 그리고 자기도 담배에 불을 붙였다.

그는 차를 움직이려 하지 않았다.

나는 그를 돌아보며 가능한 한 명랑한 목소리로 말했다.

"별 운 사나운 밤 다 보겠군요……."

폴은 대답하지 않았다. 그는 몸을 구부려 이상한 표정을 하고는 루이스를 바라보았다.

"루이스, 뭘 마셨소? 환각제요?"

루이스는 대답하지 않았다.

나는 소스라치게 놀라면서 그에게로 고개를 돌렸다. 그는 고개를 뒤로 젖히고 있었다. 그는 하늘을, 그러나 전혀 다른 곳을 바라보고 있었다.

"그렇더라도," 하고 폴은 다시 부드럽게 말을 이었다. "하마터면 그 사람을 죽일 뻔했어요……. 어떻게 됐던거요, 도로시?"

나는 주저했다. 그것을 얘기하기란 괴로운 일이었다.

"그 청년이, 글쎄요…… 내가 그 장소에 오기엔 좀…… 나이가 먹었다는 것을 야유한 거겠죠, 뭐."

나는 폴이 버럭 소리를 지르거나, 그렇잖으면 화를 내주기를 은근히 바랐다. 허나 그는 어깨를 한번 으쓱했을 뿐이었다. 그러고는 서서히 차를 움직였다.

우리는 집에 돌아올 때까지 단 한 마디도 서로 말을 나누지 않았다.

루이스는 자는 것 같았다. 그래서 나는 기분이 약간 불쾌해졌고, 그가 분명 환각제를 잔뜩 먹었으려니 생각하고 있었다. 요컨대, 나는 약의 복용에 대해서 반대하는 마음은 전혀 없다.

다만, 나로서는 알코올로 충분하며, 그 외의 약에 대해서는 겁이 날 뿐이었다. 나는 또한 비행기와 바닷속의 고기잡이 그리고 정신의학도 겁이 난다. 아무리 진창구덩이라도 지상만이 나를 안심시켜 줄 수 있다.

집에 도착하자 루이스가 제일 먼저 차에서 내렸다. 그는 무엇인가 입속으로 중얼거리더니 집 안으로 사라져 버렸다. 폴은 내가 차에서 내리는 것을 거들어주었다. 그리고 베란다까지 나를 따라왔다.

"도로시…… 내가 루이스 문제에 대해서 맨 처음에 얘기한 것 잊지 않았겠지?"

"잊지 않고 있어요, 폴. 하지만 지금은 당신도 그 사람을 좋아하고 있는 것 같아요. 안 그래요?"

"그야 그렇지. 난……."

그는 얘길 약간 더듬었다. 그런 일은 그에게 있어서 극히 드문 일이었다.

그는 내 손을 잡고, 손등에 입을 맞추었다.

"그 사람…… 내 생각엔, 정상적인 사람 같지는 않아. 당신도 알고 있겠지만 말이오. 그 사람, 아까 정말 그 청년을 죽일 뻔했거든."

"하지만, 그놈의 그 뭐가 하는 게 든 사탕을 먹고 나면, 아무도 정상적일 수가 없어요."

하고 나는 논리적으로 이야기했다.

"그 사람이 난폭한 자라는 점에는 변함이 없소. 그리고 난, 당신이 루이스 하고 한지붕 밑에 살고 있다는 생각이 도대체

싫단 말이오."

"솔직히 말하자면, 그 사람은 저를 무척 좋아하고 있어요. 또 그 사람은 절대로 내게 해를 끼치지는 않을 거라고 전 믿고 있어요."

"어쨌든 말이오" 하고 폴은 말을 이었다. "그 사람은 스타가 될 게 아뇨? 그렇게 되면 당신은 머지않아 그 사람으로부터 버림을 받게 될 거요. 그랜트가 내게 그런 얘길 합디다. 그들은 다음 작품에는 루이스에게 기대를 걸 모양이더군……. 그리고, 말하자면 루이스는 재주가 있으니까……. 도로시, 언제 나하고 결혼해 주겠소?"

나는 몸을 기울여 그의 입에 가볍게 키스했다. 그는 한숨을 쉬었다. 나는 그를 남겨 놓은 채 장래의 대인기 스타가 어떻게 하고 있는가 보려고 집 안으로 들어갔다. 그는 두 손으로 머리를 괴고 멕시코제 양탄자 위에 누워 있었다.

나는 부엌으로 가서 커피를 끓인 후, 루이스를 위해 커피 한 잔을 가득 따르면서 약의 유해성에 대한 도덕적인 논설을 마음속으로 생각해 보았다. 그러고 나서 거실로 들어가 그의 곁에 무릎을 꿇고 앉아 그의 어깨를 흔들었다. 그러나 아무 반응이 없었다.

"루이스, 커피 마셔요."

그래도 그는 여전히 움직일 줄을 몰랐다. 나는 그를 흔들었다. 그의 정신은 지금 중국의 용이며 다채로운 꽃뱀의 떼에게라도 홀려 그 속에서 씨름하고 있는 것 같았다. 나는 그것이 신경에 거슬렸다. 순간 이 아름다운 청년이 한 시간 전에는 나

를 위해서 매를 맞았다는 생각이 들었다. 그렇게 되면 어떠한 여자라도 그 남자에 대해서 관대해지는 법이다. 나는 중얼거렸다.

"내 사랑하는……."

그러자 그는 몸을 돌리더니 내 품 안에 덥석 안겼다. 그는 이상하게 흐느끼며 몸을 들먹거리고 있었다. 그 흐느낌으로 그는 사뭇 숨이라도 막히게 될 것 같아, 나는 진정으로 들먹이는 그의 모습에 겁이 났다. 그는 내 어깨에 고개를 파묻고 있었다. 내가 타온 커피가 양탄자를 적시면서 흐르고 있었다. 가슴이 뭉클해짐과 동시에 겁이 나서 가만히 앉아 내 머리카락 속에 파묻은 그의 입에서 새어 나오는 이상한 연도連禱와도 같은 그의 말을 듣고 있었다.

"그 녀석을 나는 죽일 수 있었는데…… 오! 꼭 그랬어야 했는데……. 1초만 더 있었더라도, 당신한테 그런 소릴 하다니…… 당신에게 아! 그놈이 내 손 안에 있었던 걸…… 내 손아귀에 있었던 걸……."

"그렇지만 루이스, 그런 사람들하고 싸우면 안 돼요. 그건 지각없는 짓이에요."

"치사한 놈…… 정말 치사한 놈이었어요……. 짐승 같은 눈을 하고. 그 자들은 꼭 짐승과 같은 눈을 하고 있어요……. 모든 사람들이 다 말이에요…… 그렇게 보이지 않으세요……? 결국은, 우리가 그 자들한테 당하고 말 거예요……. 두고 보세요…… 그 자들은 나를 당신한테서 떼어 놓을 거고, 또 당신도 그 자들한테 당하고 말 거예요……. 당신도…… 당신도 말이에요…… 도로시."

나는 그의 목덜미를 잡고 머리를 쓰다듬어 주었다. 그리고 이마에 키스를 해주었다.

나는 마치 한 어린아이의 슬픔 앞에 서 있는 것처럼 마음이 아팠다. 왜냐하면, 그는 나에게 기대어 흐느껴 우는 어린아이, 인생에 놀라 눈을 뜬 어린아이였으니까.

나는 그에게 "자, 이봐요, 이제 그만 진정해야죠. 그까짓 것 아무것도 아녜요" 하고 막연한 말들을 가만가만 중얼거렸다. 나는 반쯤 무릎을 꿇고 앉은 채, 어깨 위에 남자의 체중을 지탱하려니까 다리가 저려 오는 것을 어렴풋이 느꼈다. 나는 생각했다. '이런 종류의 장면은 내 나이의 여자에게는 어울리지 않는 것이라고. 그에게는 인생의 맛과 신뢰를 주는 데 청순한 어린 처녀가 필요한 것이다. 나야 인생이라는 것이 어떤 것인지를 잘 알고 있었으니까. 나는 그것을 너무나 잘 알고 있었으니까.'

드디어 그가 마음을 가라앉힌 것 같았다. 나는 그가 내 몸에서 떨어져 양탄자 위에 길게 누워 있도록 조용히 내버려 두었다. 나의 로덴 이불을 그에게 덮어주고는 피곤함을 느끼며 위층으로 올라갔다.

10

 어떤 무시무시한 생각으로 해서 나는 온몸이 얼음장처럼 되어 한밤중에 눈을 떴다.
 나는 어둠 속에서 올빼미처럼 근 한 시간 동안을 침대에 앉아, 여러 가지 사실들의 정확한 의미를 되풀이하고 있었다. 그러고 나서 계속 떨리는 몸으로 부엌으로 내려가 커피 한 잔을 끓여마셨다. 그리고 또 꼬냑 한 잔을 더 마셨다.

 날이 밝아오고 있었다.
 나는 베란다로 건너가 동녘에 하얀 긴 줄로 늘어져 있는, 어느덧 푸르스름해진 하늘을 바라보았다. 그러고 나서 롤스로이스를 보았다. 그것에 또다시 잡초들이 덩굴을 치고 있었다―그날이 금요일이었으니까―계속해서 나는 루이스가 즐겨 앉는 의자를, 그 다음엔 발코니 위에 놓인 내 손, 술을 마셨건만 여전히 떨리고 있는 내 손을 보았다. 나는 얼마 동안이나 거기 그렇게 발코니에 기대어 서 있었는지 알 수 없다. 때때로 나는 의자에 가서 앉으려고 애도 써 보았다. 그러나 똑같은 생각들이 내 머리에서 떠나지 않고 나를 마치 꼭두각시 모양으로 서 있게 하는 것이었다. 나는 담배 한 대도 피우지 못했다.

여덟시쯤에 루이스의 방 덧창문이 내 머리 위 벽에 가서 쾅 부딪치는 소리가 들렸다. 나는 그 소리에 소스라치게 놀랐다. 그가 층계를 내려와 휘파람을 불며 취사용 스토브 위에 물을 놓는 소리가 들려왔다. 그의 환각제는 수면과 함께 그 기운이 다 날아가 버린 모양이었다. 벌써 그렇게 된 것이다. 나는 맑은 공기를 한 모금 크게 들이마시고 부엌으로 들어갔다. 그는 깜짝 놀란 것 같았다. 잠시 동안 나는 넋을 잃고 그를 바라보았다─그렇게도 아름답고 그렇게도 젊고, 머리가 헝클어졌지만 그러나 부드러운 그를.

"어제는 죄송했습니다" 하고 그는 대뜸 입을 열었다. "다시는 그런 치사한 짓은 안하겠습니다."

"그래요. 바로 그거예요."

하고 나는 서글프게 말하고는 부엌 의자 위에 걸터앉았다.

이야기 상대가 생겼다는 사실이, 그것이 비록 그 사람이었다 하더라도 이상하게 마음을 가라앉혀 주었다. 그는 커피 주전자 속의 물을 주의 깊게 지켜보고 있었다. 그런 가운데서도 내 목소리에서 어떤 심상치 않은 기미를 느꼈던지 그는 눈을 내게로 돌렸다.

"무슨 일이라도 있습니까?"

실내복 차림으로 눈썹을 위로 치켜올린 그의 모습이 너무나 결백해 보여서 나는 갑자기 의심이 와락 치밀었다. 내가 밤 사이에 곰곰히 생각해 본 관찰과 막연한 증거, 그리고 몇 가지

의 부합되는 점으로 꽉 엉켰던 덩어리가 머릿속에서 갑자기 터져나온 것이었다.

나는 중얼거렸다.

"루이스…… 그 사람들을 죽인 건 당신이 아닌가요? 안 그래요?"

"그 사람들이라니, 누구 말이에요?"

그의 이 말은 또다시 내 가슴을 철렁 내려앉게 하는 말이었다. 나는 차마 그를 쳐다볼 수가 없었다.

"모두 말이에요. 프랭크, 볼튼 그리고 루엘라."

"제가 죽였습니다."

나는 가는 신음 소리를 냈다. 그리고 의자에 털썩 몸을 기댔다.

그는 같은 어조로 말을 이었다.

"그렇지만, 걱정하실 필요는 없습니다. 아무 증거도 없으니까요. 앞으로는 그 자들이 당신을 괴롭힐 수 없지요."

그는 커피 주전자에 물을 조금 더 부었다. 나는 완전히 정신이 멍해져서 다시 그를 바라다 보았다.

"아니, 루이스…… 미쳤어요? 사람을 죽이면 안 돼요. 사람을 죽이는 게 아니에요."

나의 그러한 표현은 허약한 것 같았다. 그러나 나는 너무나 놀랐기 때문에 그 이상 적절한 말을 생각해 낼 수가 없었다.

게다가, 비극적인 상황에 놓이면 나는 항상 수도원에서 쓰는 말이나 훌륭한 교육적인 이야기밖에는 생각이 안 나는데, 왜 그런지 모를 일이다.

"이 세상에는 해서는 안 될 일들이 얼마나 많은데, 하지만 사람들은 그런 짓들을 밥먹듯이 하는가를 당신이 안다면……. 남을 시기하고, 매수하고, 중상모략하고, 유기하고…… 하는 일들 말입니다……."

"그렇지만, 그들을 죽여서는 안 돼요."

하고 나는 단호하게 말했다.

그는 어깨를 한번 으쓱했다. 나는 비극적인 장면을 예측했는데, 이렇게 차분한 대화가 오게 되니 당황할 수밖에 없었다. 그는 내게로 몸을 돌리고,

"그걸 어떻게 아셨죠?"

하고 물었다.

"곰곰이 생각해 봤어요. 밤새도록 곰곰이 생각해 냈죠."

"당신도 죽었을지 모르죠. 커피 드시겠습니까?"

"아뇨. 난, 난 아직 죽지 않았어요. 루이스…… 어떡하려고 그래요?"

"하긴 뭘 합니까? 그저 자살이 하나 있었고, 흔적이 없는 치정살인 한 건 있었고, 그 다음엔 자동차 사고가 하나 있었을 뿐인데요. 모든 게 다 잘된 걸요."

"그럼 나는요?" 하고 나는 화를 냈다. "그럼 나는요? 나는 살인자하고 한지붕 밑에서 살아야 하나요? 난, 당신이 마음대로 사람들을 죽이는 걸 이렇게 아무 방책도 없이 그냥 내버려 두란 말이에요?"

"마음대로라뇨? 도로시, 그렇지 않아요. 난 당신을 과거에 괴롭혔거나, 아니면 현재 괴롭히고 있는 사람만을 죽이는 겁

니다. 무턱 대고 죽이는 게 아니예요."

"그건 무슨 까닭이죠? 당신이 내 호위병인가요? 내가 언제 무엇이건 당신한테 요구한 일이 있었던가요?"

"그렇진 않습니다" 하고 그는 말했다. "그렇지만, 전 당신을 사랑하기 때문입니다."

거기에서 나는 그만 머리가 핑 돌며 의자에서 미끄러져 떨어졌다. 게다가 그 전날 잠을 못 잔 이유도 있고 해서 나는 평생에 처음으로 기절을 했다. 나는 장의자 위에서 루이스의 당황해서 어쩔 줄을 모르는 얼굴 앞에서 눈을 떴다.

우리는 말 한 마디 없이 서로 쳐다보기만 했다. 그런데 루이스가 내 앞으로 스카치 병을 내밀었다. 나는 그에게서 시선을 떼지 않은 채, 스카치를 한 모금 또 한 모금 마셨다. 내 심장은 다시 평상시대로 뛰기 시작했다. 그러자 또다시 화가 치밀어올랐다.

"아! 나를 사랑한다고요? 정말이죠? 그래서, 그 불쌍한 프랭크를 죽였단 말이죠? 그리고 그 불행한 루엘라도 죽였고! 그렇다면, 왜 폴은 안 죽이죠? 그 사람은 내 애인인데 말이에요?"

"그야, 그 사람은 당신을 사랑하니까요. 하지만 만약 그 사람도 당신에게서 떠나 버린다거나 당신을 괴롭히려고 하는 날엔 그 사람도 역시 죽여 버리고 말겠어요."

"맙소사. 당신, 미쳤군요. 전에도 그렇게 많은 사람을 죽였나요?"

"절대로 그런 일은 없었습니다. 그럴 필요가 없었지요. 난, 아무도 사랑한 일이 없었으니까요."

갑자기 그는 일어서서 턱을 비비며 방 안을 걸어다녔다. 나는 꼭 악몽 속을 헤매는 것만 같았다.

"사실 말이지, 열다섯 살 때까진 순전히 얻어맞고만 살았었죠. 사람들은 제게 아무것도 주는 일이 없었어요. 그러다가, 열여섯 이후부터는 모두들 저를 원했습니다. 남자고 여자고, 그 어느 누구든지 말입니다……. 하지만, 모두 다 한 가지 조건이 있었어요. 그 조건이라는 것이 글쎄…… 그러니까……."

이 결백한 살인자는 한계를 넘어선 것이다.

나는 그의 말을 가로막았다.

"네, 알겠어요."

"결코 없었더란 말입니다. 안 그렇습니까? 거저는 절대로 없지요. 무료로는 절대로 없었지요. 당신을 만나기까진 말이

16

에요. 저는 늘 저 위에서 누워 있을 때면, 이런 생각을 했지요—당신도…… 결국 어느 날엔가는, 저……."

그는 얼굴을 붉혔다. 나도 얼굴빛이 붉어졌을 것이다. 나는 괴로웠다.

"그러나 그것이 호의에서 우러나온 것임을 제가 깨달았을 때, 저는 당신을 사랑하게 되었습니다. 제 얘긴 그겁니다. 저는 당신이 저를 너무 어리게 보고 있다는 것, 당신이 폴 브레트를 더 좋아한다는 것, 그리고 저는 별로 당신 마음에 들지 않는다는 것을 잘 알고 있습니다. 하지만 그렇다라도 제가 당신을 보호할 수는 있다고 생각합니다. 그저 그뿐이죠."

정말 그대로였다. 그의 말 그대로였다. 나는 어떤 무서운 궁지에 몰린 것이다. 나는 어떻게도 할 수가 없었다. 나는 이젠 완전히 망한 셈이다. 나는 길가의 도랑에서 한 미친놈을, 살인자를, 어떤 집념에 몰려 있는 편집광偏執狂 하나를 주워

온 셈이다. 폴의 생각이 옳았다. 폴의 말이 시종 옳았다.

"저를 원망하시나요?"

하고 그는 온순하게 물었다.

나는 대답조차 하지 않았다. 내 마음을 편안하게 해주려고 사람을 세 사람씩이나 죽인자를 원망할 수가 있을는지! 그러한 말은 내겐 약간 어린 학생 같은 느낌을 주었다. 나는 깊이 생각해 보았다. 아니, 차라리 깊은 생각에 잠긴 척 했었다는 편이 옳았다. 왜냐하면, 내 머리는 완전히 텅 비어 버린 것 같았으니까.

"루이스, 내가 할 일은 이제 당신을 경찰에 넘기는 일이라는 걸 알아요?"

"정 원하신다면……."

하고 그는 침착하게 말했다.

"지금 당장 그 사람들한테 전화를 해야 할 거예요."

하고 나는 힘없는 목소리로 말했다.

그는 전화기를 내 곁에 갖다 놓았다. 우리는 기운 없이 전화기를 바라다보기만 하였다. 마치 그 전화기에 줄이 없기라도 한 듯이.

"어떻게 죽였죠?"

하고 나는 물었다.

"프랭크는, 내가 전화로 당신이 어느 모텔에서 만나자고 한다고 말했죠. 그러고 나서 저는 창문을 넘어서 그리로 들어갔어요. 볼튼의 경우는, 전 그의 눈을 보고 금세 그가 어떤 인간인지를 알았어요. 전 그 자의 뜻에 동의하는 척했죠. 그랬더니, 금방 그 묘한 호텔에서 만나자고 하더군요. 그는 미칠 듯이 좋아했어요. 저는 그 자에게 받은 열쇠로 그의 방에는 언제나 들어갈 수가 있었습니다. 그러니 아무도 저를 목격한 사람이 없었어요. 그리고 루엘라는, 제가 밤새도록 차 앞쪽 볼트 나사를 뺐지요. 그저 그뿐입니다."

"그만하면 됐어요" 하고 나서 덧붙여 "난 이제부터 어떡하면 되죠?" 하고 나는 말했다.

나는 입을 다물고 루이스를 내쫓을 수도 있었다. 그러나 그것은 야수를 한길에 풀어놓는 것이나 다름없는 일이었다. 그는 멀리서 계속 나를 쫓아다닐 것이며 계속 내 주위에서, 마치 하나의 기계처럼 살인을 할 것이다. 나는 또한, 그에게 이 도시를 떠나라고 강요할 수도 있었지만, 그는 여러 해 동안에 걸친 출연계약으로 영화사에서는 그를 어디에서고 찾아낼 것이

121

다. 그렇지만 난 그를 경찰에 넘길 수가 없었다. 나는 어떤 사람이건 경찰에는 넘기지 못할 것이다.

나는 이러지도 저러지도 못 하게 되었다.

"그런데……" 하고 루이스가 말했다. "아무도 고통은 받지 않았습니다. 삽시간에 일어난 일이니까요."

"그래서 다행이군요" 하고 나는 신랄하게 쏘아붙였다. "칼로 아주 기가 막히게 잘 해치웠을 테니까요."

"그러지 않았다는 건 잘 아시지 않습니까?"

하고 그는 다정하게 말했다. 그러고는 내 손을 잡았다. 나는 잠깐 동안은 정신 없이 내 손을 그에게 맡겼다.

그리고 나는 생각했다. '내 손을 잡고 있는 이 따뜻하고 비쩍 마른 손이 세 사람이나 죽였구나' 하고. 그리고 또, 그런데 어째서 그것이 지금에 와선 내게 더 이상 고통스럽게 느껴지지를 않을까 하고 자문해 보았다. 나는 냉정하게 손을 빼냈다.

"그럼, 어젯밤의 그 소년도 죽이려고 했었나요? 그렇죠?"

"네. 하지만 어젠 바보 같았어요. 제가 병신같이 환각제를 하나 먹었거든요. 그래서 내가 무슨 짓을 하고 있는지조차 잘 몰랐었으니까요."

"그럼, 안 먹었을 때에는…… 루이스, 자기가 한 행동을 모두 알아요?"

그는 나를 쳐다보았다. 나는 그의 초록색 눈과, 또 그렇게도 윤곽이 뚜렷한 입, 그리고 검은 머리카락과 그처럼 매끈한 얼굴을 하나하나 뜯어보았다. 그리고 나는 거기서 어떠한 이해의 흔적이나 사디즘의 흔적을 찾아보았으나, 그러한 흔적은 전혀 보이지 않았다. 그의 얼굴에서 찾아볼 수 있는 것은 오직 나에 대한 끝없는 애정뿐이었다. 그는 마치 아무것도 아닌일로 비극을 연출하는 신경질적인 어린아이를 바라보듯 나를 바라보았다. 루이스의 눈에는 관용의 빛이 고였다. 그것이 나에게 마지막 남은 힘을 잃게 했다.

나는 흐느껴 울기 시작했다. 그는 나를 그의 품에 안고 내 머리를 쓰다듬어 주었다. 나는 그가 하는 대로 내버려 두었다.
"당신과 나 사이에……" 하고 그는 속삭였다. "어제 저녁부터 왜 이다지도 슬퍼해야만 한단 말인가요."

11

나의 간질병이 또 발작을 일으켰다. 중요한 일을 당할 때마다 어김없이 간질병이 발작을 일으키는 것이었다.

이번 경우는 이틀이나 걸렸다. 그 덕분에 나는 48시간 동안은 아예 머릿속의 생각에서 벗어날 수가 없었다. 세 사람의 시체에 대한 역겨운 생각에 잠겨 있던 이틀 동안은 그 결심이 밖으로는 거의 드러나지 않았겠지만, 그러나 심장병의 발작을 모르는 사람들만이 내게 돌을 던질수 있을 것이다.

내가 침대에서 일어났을 때에는 다리가 후들후들 떨렸다. 그리고 조금이라도 모순에 찬 생각은 감당해 낼 수가 없었다. 그뿐이었다. 내 머릿속에서 루이스의 살인은 이미 내 세금의 보고 정도로밖엔 생각되지 않았다. 게다가, 그 불쌍한 인간은 습포며 대야며 카밀레꽃을 준비해 놓고 이틀 동안을 꼬박 내 머리맡에서 지냈다. 그는 눈에 띄게 몹시 불안해하고 있었다. 나는 나를 간호해 준 사람을 해칠 수는 없었다. 나는 그와 함께 최종적으로 모든 일을 같이 합의하기로 결심했다. 나는 스틱과 위스키 한 잔을 마시고 곧 루이스를 응접실로 불러내어 그에게 나의 마지막 결정을 말했다.

그 마지막 선언은 다음과 같다.

첫째로, 그가 앞으로는 나의 허가 없이는 절대로 아무도 죽이지 않을 것을 정식으로 약속할 것(물론, 내가 그에게 사람 죽이는 것을 허락하지 않을 것은 뻔한 일이다. 그러나 그에게 어느 정도의 희망은 남겨 놓는 편이 현명한 일이라고 생각했다).

둘째로는, 환각제가 함유된 약의 복용을 중지할 것.

셋째로는, 이번 기회에 그의 집을 마련하도록 열심히 노력할 것 등이었다.

이 세번째 조항에 대해서 나는 별로 신뢰감이 생기지 않았다. 그러나 그는 그 모든 조항에 진지한 얼굴로 약속을 맹세했

다. 그러고 나서 나는 사디즘 환자와 같이 살고 싶지는 않으면서도 그에게 그 세 번의 살인을 하고 난 뒤의 심정이 어떤지를 알고 싶어, 교묘하게 질문을 유도해 보았다. 그의 말은 나를 약간 안심시켜 주었다. 물론 크게는 아니지만, 약간은 안심시켜 준 것이다.

그는 전혀 아무렇지도 않았다는 것이다. 그의 말이, 자기는 죽은 사람들과는 전혀 모르는 사이였으므로 마음의 고통도 없고, 그렇다고 아무런 기쁨도 없다는 얘기였다. 벌써부터 그랬다는 것이다. 그런가 하면, 그는 양심의 가책 같은 것도 전혀 없었다는 것이다. 그는 그 일로 해서 자다가 가위 한 번 눌려본 일이 없었다는 것이다. 요컨대, 하등의 도덕적인 의식조차 전혀 느껴보지 못했던 것이다. 그래서 나는 만일 내 경우가 그러할 때 도덕적인 의식은 어떻게 되었을까를 자문해 보기 시작했다.

폴 브레트는 내가 앓는 동안에 두 번이나 찾아왔었다. 그러나 나는 그를 만나지 않았다. 심장병의 발작 때에처럼 사람 꼴이 추해질 때는 없다. 노래진 살갗에 윤기 없는 머리카락 그리고 퉁퉁 부은 눈으로 애인을 만난다는 것은 생각만 하여도 화가 났기 때문이다. 그러나 루이스가 곁에 있는 것은 전혀 신경이 쓰이지 않았다. 그것은 아마도 루이스와 나 사이에는 관능적인 관심이라는 것이 전혀 없기 때문이었을 것이다. 그런데다가 그는 그 문제의 아침에 내게 사랑한다는 말을 했는데, 그 어조는 사뭇 나에게, 설령 나의 전신이 소농포진小膿抱疹을 뒤집어 썼다 하더라도 그런 것쯤 무시해 버릴 수 있다는 것같이 들렸기 때문이다. 그것은 화가 나면서도 한편으로는 기분 좋은 일이었다.

내가 스튜디오에 다시 나타나자, 폴이 다정하게 나를 나무랐을 때, 내가 그에게 설명하려고 애쓴 것이 바로 그런 장점이다.

"당신, 그래, 루이스에게는 간호를 하게 하고, 난 만나지도 못하게 했단 말이구려."

"내 꼴이 너무 추해서 그런 거예요. 그때에 절 보셨더라면 그 다음엔 다신 안 보려고 하셨을 테니까요."

"그 얘긴 우스운데. 난 당신과 그 친구 사이엔 아무 벽이 없다는 것을 좀처럼 인정하려 들지 않았소. 그러나 지금은 그게 확실해진 거요. 그건 그렇고, 도대체 그 소년과 같이 자는 여잔 누구요?"

나는 그 점에 대해서 전혀 알지 못한다고 고백하는 수밖에 없었다. 나는 그가 외박하던 2, 3일 밤에 루이스가 영화의 처녀 역을 맡은 그 여자의 품안에서 자는 것이려니 생각했었다. 그러나 그것은 바로 그가 볼튼을 살해한 날 밤이었다.

그런데 그 당시에 인기가 부쩍 올라가고, 루엘라가 죽은 지금에 와선 정상의 자리를 차지한 스타 글로리아 내쉬가 루이스에게 눈독을 들였다. 그래서 루이스를 어느 파티에까지 초대해 주었다. 그러니 나를 부르지 않을 수 없어 나까지 초대를 받았던 일이 있다.

나는 폴에게 그 파티에 함께 가지 않겠느냐고 물었다. 폴은 가겠다고 대답했다.

"내가 두 사람을 데리러 집으로 가겠소. 우리 셋이서 같이 가는 이번 외출이 저번보다는 뒤끝이 훨씬 좋았으면 하는데."

그건 나도 진심으로 바라는 바였다.

"그렇긴 하지만……" 하고 폴은 말을 이었다. "뭐야, 까짓 하찮은 싸움을 가지고 그 정도까지 병이 날게 뭐 있소? 그래, 난 깜짝 놀랐는데. 도로시, 당신의 그 심장병의 발작은 할리우드에서도 유명하오. 당신이 발작을 일으킨 건 전에 프랭크가 루엘라하고 같이 도망가 버렸을 때 한 번 있었고, 또 당신이 제리 볼튼에게 더러운 수전노 취급을 당했다고 해서 그 자가 당신을 내쫓았을 때 한 번 있었고, 그리고 또 한 번은, 당신이 귀여워하는 그 여비서가 창문으로 떨어졌을때 그 발작이 일어났었지. 그런데, 이번에는 사실 말하자면, 발작이 어느 때보다 더 심했었단 말이오."

"무슨 소리에요. 폴, 이젠 나이가 있지 않아요?"

만약 그가 알았더라면……. 그렇다, 더욱 심했었다. 아, 아, 그가 알았더라면. 나는 잠시 그때의 일을 상상해 보았다. 그러자 웃음이 터져 나왔다. 이야기하기조차 끔찍스러웠다. 그러나 나는 그 조그만 생각 하나 때문에 약 5분 동안이나 웃었다.

그때만 해도 내 신경이 약간 이상해져 있었던 모양이다. 폴은 너그럽고도 참을성 있는, 보호자다운, 미국인답고, 사나이다운 그런 표정을 띠고 있었다. 그리고 그는 나에게 엉망이 된 나의 눈화장을 닦아 내라고 손수건을 건네 주었다.

이윽고 나는 정신을 가다듬은 다음에, 무엇인가 바보 같은 소리를 중얼거리고는 그의 말을 막기 위해 키스를 했다.

그때 우리는 나의 사무실에 있었다. 캔디는 밖에 나가고 없었다. 그는 다시 다정해졌다. 우리는 그날 저녁 그의 집에 가기로 했다. 그래서 나는 루이스에게, 혼자 저녁 식사를 하도록 미리 일러주기 위해서 전화를 걸었다(그는 1주일 동안 촬영이 없었다).

그는 매우 명랑한 기분으로 집에서 롤스로이스를 가지고 장난하고 있었다. 나는 그에게 얌전하게 집에 있으라고 단단히 타일렀다. 그는 대답을 하며 웃음이 터져 나오는 것을 간신히 참는 것 같았다. 그는 다음 날 아침까지는 절대로 움직이지 않겠다고 약속했다.

완전한 비현실감 속에서 나는 폴과 함께 로마노프 식당으로 저녁 식사를 하러 갔다. 나는 수백 명의 사람들을 만났다. 아무것도 모르는 수백 명의 사람들을. 나는 그것이 놀라웠다. 갑자기 내가 혼자라는 생각과 무섭다는 생각이 오싹 느껴지는 것은, 어둠 속에서 여느 때처럼 내 어깨를 베고 오른팔을 내 위에 비스듬히 얹어놓고 잠든 폴 옆에 내가 누웠을 때였다. 내게는 비밀이, 그것도 치명적인 비밀이 있었던 것이다. 그런데 나는 비밀 같은 것을 지녀본 일이 없는 사람이었다. 나는 새벽이 될 때까지 잠을 이루지 못했다.

그러나 한편, 내게서 5미터쯤 떨어진 곳에서 나의 감상적인 살인자는, 그의 작은 침대에 누워 꽃과 새들을 꿈꾸면서 조용하게 잠들어 있었을 것이다.

12

 글로리아 내쉬가 그녀의 집에서 파티를 열었던 날 밤에 우리는 유난히 멋이 있었다. 나는 파리에서 엄청난 값을 지불하고 산 금박이 붙은 검은색의 옷을 입고 갔었다. 그 옷은 내 등의 아름다움을 한껏 드러내고 있었는데—그것은 아직도 내게 남아있는 몇 안 되는 매력 중의 하나다.

 예복 차림을 하고 윤이 나는 검은 머리의 루이스는 사뭇 눈이 부셨다. 그가 풍기는 체취에는 어딘가 목신牧神의 면모를 지닌 젊은 왕자 같았다. 폴로 말할 것 같으면 풍자적인 눈에 양쪽 이마가 희끗희끗한 금발이어서 기품이 있고, 40대 남자의 풍채를 거침없이 드러내고 있었다.

 나는 재규어 속으로 들어가 예복을 입은 두 남자 사이에 끼여 앉아야 했기 때문에 하는 수없이 내 금박이 야회복을 구겨야만 했다. 그런데 그때에 루이스가 엄숙하게 손을 들고 입을 열었다.

 "도로시, 당신에게 전할 뉴스가 하나 있어요."

 나는 마음속으로 오싹 떨림을 느꼈다. 그러나 폴은 다 안다

는 듯이 태연한 얼굴로 웃고 있었다.

"그거, 놀라운 일인걸. 어디 루이스 얘길 들어봅시다."

루이스는 정원으로 들어가더니, 롤스로이스 안으로 들어가 앉아 무엇인가를 눌렀다. 롤스로이스는 부드럽고도 규칙적인 소리를 내며 앞뒤로 움직이며 내 앞에 와 멈췄다. 루이스는 얼른 차에서 내려 차를 한 바퀴 빙 돌아와서 내게 몸을 숙이며 차문을 열어주었다. 나는 어리둥절했다.

"차가 그래도 여기까지 오게 되었으니 대성공이군요." 하고 폴은 웃으면서 말했다. "도로시, 그렇게 놀라지 말아요. 자, 운전수, 올라타시지. 우린 선셋 불바르에 있는 인기 배우 글로리아 내쉬 집으로 갑니다."

루이스가 차를 몰았다. 나는 칸막이 거울을 통해서 백미러 속으로 기쁨에 넘친, 황홀한 어린애 같은 그의 눈—내가 기뻐하는지를 살피려고 나를 걱정스럽게 바라다보는 그의 눈길을 보았다. 확실히 인생이 나에게서 빠져나가 버리는 것 같은 순간들이었다. 나는 그 거대한 차 속에서 낡은 전화 수화기 하나를 발견하고 그것을 입에다 갖다 대었다.

"운전수, 이 롤스로이스가 어떻게 해서 움직이게 됐죠?"

"한 주일 동안의 휴가를 온통 그걸 고치느라고 다 보냈죠. 전력을 다해서요."

나는 폴을 쳐다보았다. 그는 빙그레 웃으며 "사흘째에 내게 그 얘길 합디다. 꼭 열두 살 먹은 어린애 같아" 하고 말했다.

나는 전화 수화기를 다시 들었다.

"운전수, 오늘 저녁, 우리의 호스티스에게 친절하게 해드려야 해요. 당신의 그 무심한 표정이 오해를 사리다."

루이스는 아무 대답도 안하고 어깨만 으쓱해 보였다.

나는 그날 밤은 모든 사람이 다 모여 매우 화목하였고, 루이스도 그의 머릿속에서 아무 생각도 일어나지 않기를 필사적으로 원하고 있었다.

글로리아 내쉬는 32개의 방을 가진 그의 집 문 앞에서 우리를 기다리고 있었다. 모든 준비가 다 되어 있었다. 정원에는 환등과 조명이 휘황한 풀(수영장)과, 커다란 바베큐 그리고 야회복들이 준비되어 있었다. 금발의 글로리아 내쉬는 아름답고 교양이 있었다. 그러나 불행히도 그녀는 나보다 줄잡아서 10년은 늦게  태어났기 때문에, 지극히 애교 있는 방법으로 그 사실을 끊임없이 내게 상기시키는 것이었다. 이를테면, 내게 큰 소리로 "도로시, 그런데 당신은 어떻게 하길래 그런 피부를 유지할 수가 있죠? 이 다음에 나한테도 그 비결을 가르쳐 주셔야 돼요." 한다든지 혹은 기가 막히게 감탄한다는 표정으로, 마치 마흔다섯 살에도 고운 피부를 갖고 있는 것이 기적 같기라도 한 듯한 그런 눈으로 나를 쳐다보는 것이었다.

그날 밤, 그녀가 취한 방법은 그 두번째 태도였다. 나는 마치, 어느 파티에서 당황한 투탕카멘의 눈과 같이 휘둥그레진 그녀의 눈에서 순간적으로 그러한 인상을 받았다.

그녀는 머리를 다시 만지라고—나 자신은 그럴 필요성을

전혀 느끼지 않았는데—나를 안으로 끌고 들어갔다. 여자들이 10분은 족히 걸려 머리를 매만지고 얼굴을 다시 고치려고 떼를 지어 몰려다니는 그러한 행동은 이곳에서는 가장 성가시면서도 또 가장 확고한 관습 중의 하나였다.

또한 그녀는 가득 찬 호기심으로 나에게 루이스에 대하여 별의별 질문을 다 해왔는데, 나는 그 질문들을 자연스레 모조리 피해 버렸다.

마침내 그녀는 약이 올랐는지, 나로서는 알 수 없는 어떤 암시를 하더니, 우리가 그녀의 그 아늑한 방을 나올 때에는 마지막 수단으로 나에게 공격을 개시할 태세를 보였다.

"도로시, 내가 당신을 굉장히 좋아하고 있다는건 아시겠죠? 그럼요, 아주 어렸을 때, 내가 당신을 그 영화에서 봤을 때부터 좋아했었죠……. 그런데, 글쎄…… 결국은, 누군가가 당신에게 얘길 해줘야 할 것 같아서요, 루이스에 대해서 아주 이상한 소문이 나돌더군요."

"뭐라고요?"

나는 피가 얼어붙는 것 같았다. 나는 묻는 척하고 막연하게 외마디 소리를 지르지 않을 수 없었다. 그녀가 생글생글 웃고 있었기 때문이다.

"단단히 반하신 모양인데! ……그 남자 기가 막히게 매력이 있는가 보죠!"

"그 사람과 나 사이엔 감정적인 관계밖에는 전혀 없어요" 하고 나서 나는 덧붙여 물었다. "소문이라구? 무슨 소문인데?"

"글쎄, 사람들 얘기가…… 당신도 이 바닥 사람들이 어떤지는 알고 있지요……. 사람들의 말이, 당신과 폴과 그 사람 사이가……."

"뭐라고? 폴과 그 사람과 나 사이가?"

"당신이 두 남자 사이에 양다리 걸치고 있다는 거죠. 그러니, 필연적으로……."

나는 문득 그 말의 뜻을 이해했다. 나는 숨을 돌렸다.

"아! 그건 다만……" 하고 나는 명랑하게 대답했다. 마치 그건 어린애 같은 얘기라는 듯이. "아! 그건 다만……. 그거 아무것도 아니에요."

당황한 글로리아를 버려두고 나는 혹시 루이스가 누군가 내 이브닝 드레스를 좋게 보지 않은 사람이라도 있어, 그동안에 칼로 찔러 죽이지나 않았는가를 확인해 보려고 정원으로 나갔다. 그러나 그렇지는 않았다. 그는 할리우드의 어느 수다스러운 여자와 얌전하게 이야기를 하고 있었다.

나는 마음을 탁 놓고 그날 밤의 향연을 마음껏 즐겼고, 결국 화려한 성과를 거둔 셈이 되었다.

나는 거기서, 옛날에 나를 좋아하던 사람들을 여러 명 만났다. 그들은 모두가 자기 나름대로 내 옷과 내 혈색을 칭찬하며 내 환심을 사려고 애썼다. 그래서 나는 심장병의 발작은 젊어지는 데 하나의 이상적인 방법이라는 생각까지 하게 되었다.

여기서 한 가지 덧붙여 말하자면, 나는 항상 옛날 애인들과는 좋은 사이를 유지하고 있었다. 그들은 모두가 나를 보면서 아쉬운 표정을 짓고 있었으며, 그들이 '아! 도로시, 당신만 원했더라면······.' 하는 따위의 말들은 지난날의 추억을 은근히 암시하는 소리들이었지만, 그러나 불행히도 나이와 함께 희미해져 가는 내 기억력으로서는 그 추억들을 전부 회상할 수가 없다.

폴은 멀리서 내가 그처럼 명랑하게 즐기는 모습을 계속 지켜보고 있었다.

그리고 나는 글로리아의 도전을 정면으로 받고 있는 듯한 루이스의 시선과도 한두 번 마주쳤다. 하지만 나는 루이스에게는 신경을 쓰지 않았다. 나는 즐기고 싶었던 것이다. 나는 지난날에는 그와 같은 충분한 감동을 지니고 있었던 것이다. 나에게는 샴페인과, 또 캘리포니아의 밤의 향기와 할리우드의 선량하고 정직하고 건강한 사람들의(내가 알기로는) 영화 이외의 어디에서도 사람을 죽여 본 일이 없는, 마음을 안심시켜주는 웃음들이 있었다. 그리하여 나는 폴이 한 시간 후에 다시 나를 찾아왔을 때에는 하늘에라도 날 듯이 즐거웠으며, 가볍게 얼큰히 취해 있기까지 했다.

서부 영화의 왕인 로이 다아드리지는 구슬픈 목소리로, "당신이 4, 5년 전에 내 인생을 망쳐놓았어" 하고 내게 말했다. 그리고 또 그는 자기 감정과, 함부로 퍼마신 마티니에 취해 싸울 듯한 기세로 폴을 훑어보았지만, 폴은 상대방의 그런 기미를 무시해 버렸다.

폴은 내 팔을 잡고 좀 외딴곳으로 나를 끌고 갔다.

"그래, 재미있소?"

"네, 정말 재미있어요. 당신은?"

"당신이 기뻐서 웃는 표정을 멀리서나마 보니, 나도 즐겁지."

하긴 그 남자는 멋진 사나이였다. 나는 그 이튿날로 그와 결혼할 결심을 했다. 그가 그것을 몹시 원하고 있었으니까. 그런데도 나는, 절대로 밤의 모임에서는 나의 결심을 큰 소리로 표명하지 않겠다는, 내 스스로가 정해 놓은 엄격한 규칙이 있었기 때문에 폴에게 그 사실을 알려주지는 않았다. 그래서 나는 목련나무의 그늘에 숨어 다정하게 그의 볼에 키스만 해주고 말았다.

"우리들의 어린 소년은 어떻게 하고 있나요?"
하고 내가 물었더니, 폴은 소리 내어 웃기 시작했다.

"글로리아는 마치 사냥개가 뼈다귀 하나를 노리듯이 그에게 눈독을 들이고 있지. 1미터를 그에게서 떨어지지 않으니까. 확실히 그의 인생도 이젠 안정되는 것 같소."
라고 그는 말했다.

'급사장이라도 죽이지 않는 한……'
하고 나는 얼른 생각했다.

그때에 별안간 풀 근처에서 외마디 소리가 났다. 나는 처음으로 소설 속에서와 같이, 머리에 기름을 눌러 발랐건만 머리 끝에서 머리카락이 곤두서는 것을 느꼈다.

"이게 뭐죠?"

나는 기운 없는 목소리로 물었다. 그러나 폴은 벌써 멀리 사람들이 삥 둘러 서 있는 쪽을 향해서 달려가고 있었다. 나는 눈을 감았다. 내가 다시 눈을 떴을 때에는 루이스가 담담한 얼

굴로 내 곁에 와 있었다.

"르나 쿠퍼가 죽은 겁니다."

하고 그는 조용하게 말했다.

르나 쿠퍼라면 한 시간 전에 루이스하고 함께 이야기하던 바로 그 여자였다. 나는 몸서리를 치며 그를 바라보았다. 물론, 르나는 선량하다고는 볼 수 없는 여자였다. 그러나 그녀는 그 돼먹지 않은 패거리들 중에서는 그래도 나은 편에 속하는 여자였다.

"나한테 맹세하지 않았어요? 맹세했단 말이에요."

하고 나는 힘주어 말했다.

"맹세라니, 뭘 말씀입니까?"

하고 그가 물었다.

그는 어리둥절한 표정이었다.

"앞으로는 나한테 허락을 받지 않고서는 누구도 죽이지 않겠단 맹세 말이에요. 당신, 비겁하고 약속을 지킬 줄 모르는 사람이에요. 당신은 살인 전문가예요. 책임이라는 것을 모르는 사람이에요. 나는 당신이 부끄러워요. 루이스, 난 당신을 보면 몸서리가 쳐져요."

"그렇지만……" 하고 그는 덧붙여 말했다. "그건, 제가 아닙니다."

"말 같지도 않은 소리 마세요." 나는 손을 저으며 신랄하게 말했다. "말 같지도 않은 소리 마세요. 그럼, 도대체 다른 사람이 누가 그러한 짓을 정말로 하겠어요?"

그때 폴이 약간 속이 뒤집힌다는 듯한 표정으로 돌아왔다. 그는 내 팔을 잡더니, 왜 그렇게 얼굴빛이 창백해졌냐고 물었다.

루이스는 거의 미소까지 띠고 우리를 바라보며, 꼼짝도 않고 그대로 서 있었다. 나는 뺨이라도 후려치고 싶은 심정이었다.

"가엾게도 르나가 심장병이 재발했군그래. 올해 들어 이번이 열 번째래. 의사도 어떻게 손을 쓸 도리가 없었다오. 르나가 너무 마셨대. 의사가 미리 그 점을 경고했었다는데."

루이스는 두 손을 벌리고 나에게 빙긋 웃어 보였다. 그것은 부당하게 비난 당한 결백한 자의 빈정거리는 웃음이었다. 나는 그제야 숨을 돌렸다. 그리고 나는 앞으로는 평생을 두고 신문에서 부고訃告를 보거나, 누가 남의 죽음을 이야기하는 소리를 들으면 으레 그를 일단 의심하게 될 것이라는 생각을 했다. 그 일이 일어난 이후 파티 분위기는 완전히 깨지고 말았다. 불쌍한 르나는 앰뷸런스에 실려 나갔고, 사람들은 이내 뿔뿔이 흩어져 버렸다. 나는 맥이 탁 풀린 채 루이스와 함께 집으로 돌아왔다.

그는 보호자 같은 태도로 나에게 알카셀처*를 주고는 가서 자라고 충고해 주었다. 나는 처량하게 그가 시키는 대로 했다. 정말이지 나는 나 스스로가 부끄러웠다.

도덕성이라는 것은 많은 파동에 부딪히다 보면 우스운 것이 된다. 나는 내가 죽기 전엔 결코 어떤 확고한 도덕성이라는 것을 나 자신을 위해서는 구축할 시간이 없을 것이다. 나 역시 끝내는 심장병으로 죽겠지만 말이다.

---

* 약의 일종. 아스피린과 비슷한 용도로 쓰인다.

13

 그 후부터 평온하고도 즐거운 3주일이 아무 사고 없이 조용하게 흘러갔다.

 루이스는 일을 계속 했고, 폴 역시 그랬으며, 나도 또한 일을 열심히 했다. 그리고 종종 우리는 저녁에 집에서 같이 저녁 식사을 하곤 했다. 어느 날씨 좋은 주말에 우리는 도시에서 5킬로 떨어진 해안에 있는, 누가 폴에게 빌려 주었다는 어느 호젓한 방갈로로 같이 떠난 일까지 있었다.

 그것은 바다 위, 바위들 위에 사뭇 수직으로 서 있었다. 그래서 수영을 하려면 좁은 오솔길을 따라 내려가야만 했다. 그날 바다는 파도가 매우 심했다.

 그러나 폴은 해안에서 약 300미터쯤 떨어진 곳에서 크롤영법(자유형)으로 아주 멋지게 헤엄치고 있었고, 루이스와 나는 실내복 차림새로 바다 위에서 곧장 8미터 높이까지 치솟아 있는 테라스 위에서 토스트를 먹고 있었다.

 나는 폴이 가느다란 목소리로 부르는 소리를 어렴풋이 듣고 그쪽을 돌아보았다. 폴은 손을 들고 있었는데 그때에 거대

한 거센 파도가 그의 머리 위를 휩쓸었고, 나는 외마디 소릴 지르고 오솔길을 향해 뛰어갔다.

루이스는 어느 새 실내복을 벗어 버리고 8미터 높이에서 바위에 부딪힐지도 모를 위험을 무릅쓰고 곧장 물속으로 뛰어들었다. 그는 금세 폴에게 가서 그를 해변으로 끌어올렸다.

폴이 토하는 동안, 나는 바보같이 그의 등만 두드려 주고 있었는데, 그가 다 토하고 난 후에 내가 눈을 들어 보니 루이스는 몸에 아무것도 걸치지 않고 있었다.

내가 내 평생 벌거벗은 남자의 몸을 얼마나 많이 보아 왔는가를 하느님은 알고 있다.

그러나 루이스를 보는 순간 나는 얼굴이 확 붉어지는 것을 느꼈다. 내 눈이 루이스의 눈과 마주치자, 그는 벌떡 일어나 집 쪽으로 달려갔다.

"이봐—."

폴은 얼마 후에 다시 생기가 돌자 그로그*를 마시고 나더니 루이스에게 이렇게 말했다. "이봐, 자네 용기가 대단하더군. 그렇게 물에 뛰어들다니……. 자네가 아니었더라면 난 그대로 빠져 버리고 말았을 거야."

루이스는 물론 어색해하며 입속으로 무엇인가 중얼거렸.

'나는 이 소년이 옷을 벗어 던지고 사람 목숨을 구하기까지 했구나' 하고 즐거운 생각을 했다. 나는 그의 이 새로운 역할이 어느 때보다도 훨씬 좋았다.

---

* 럼주와 물을 반반씩 섞은 술.

나는 일어서서 충동적으로 그의
뺨에 키스를 해주었다. 이쯤 되면
결국에 가서는 그를 한 착한 소년
으로 만들 수 있을 것 같았다. 물
론, 저 불쌍한 프랭크나 루엘라 등
을 생각하면 좀 늦은 감이 없지 않았다.

그러나 희망은 있었다. 그러나 그 후에 폴이 없는 틈을 타서 내가 그의 착한 행위를 칭찬해 주었을 때, 나는 내 희망에 부푼 생각을 잃어버리고 말았다.

"아시겠지만―" 하고 그는 나에게 이렇게 냉정하게 말했다. "폴이 죽건 살건, 저로선 아무 상관 없어요."

나는 아연해서, "그렇다면, 왜 목숨을 걸면서까지 그이를 구해냈죠?" 하고 물었다.

"그 사람은 당신이 좋아하는 사람이니까, 만약 죽으면 당신이 가슴 아파하셨을 테니까요."

"그게 사실이라면, 만약 폴이 내 애인이 아니었더라면 당신은 그 사람이 꼼짝 못하고 익사하도록 내버려 두었을 거란 말이에요?"
하고 내가 물었다.

"물론이죠."
하고 그는 대답했다.

나는 그가 정말로 이상한 애정관을 가지고 있다는 생각을 했다. 여하튼 나에 대한 그의 사랑은 그때까지 약간의 독점적인 편협성을 띠었던, 내가 경험해 온 애정관들과는 비슷한 데라고는 하나도 없었다.

나는 또 한 번 역설을 해보았다.

"그렇지만, 당신, 그래, 지난 석 달을 지내오며 폴에 대해 아무런, ……뭐랄까…… 공감도, 아무런 친근감도 갖질 못했단 말이에요?"

"저는 당신만을 사랑하고 있습니다……." 하고 그는 예의 그 진지한 표정으로 말했다. "그 외엔 아무에게도 관심이 없습니다."

"바로 그 점인데……" 하고 나는 말했다. "그런 게 아주 성스러운 일이라고 생각해요? 글쎄, 많은 여자들이 좋아할…… 당신 나이 또래의 소년이, 때때로…… 뭐랄까…… 나야…… 나는 모르겠지만……."

"그럼, 제가 글로리아 내쉬의 품안에 안기길 바라고 계십니까?"

"그녀건 아니면 다른 여자건 말이에요. 순수한 사랑이라는 관점에서만 볼 때엔 그게 낫다고 생각하는데. 젊은…… 남자…… 에게는 말이에요."

나는 말을 더듬었다.

도대체 내가 무엇 때문에 그에게 집 안에서 어머니가 하는 따위의 설교를 하려드는 것이었을까?

그는 준엄한 얼굴로 나를 쳐다보았다.

"제가 보기엔 사람들이 그 문제를 가지고 너무 크게 떠드는 것 같아요, 도로시."

"하지만, 그게 인생에 있어선 커다란 매력 중의 하나인 걸요."

　나 자신이 내 시간이나 생각의 4분의 3을 거기에 쏟고 있다고 생각을 하면서도 나는 이렇게 허약하게 반박했다.
　"하지만, 전 그렇게 생각지 않습니다."
하고 루이스는 말했다.
　그는 순간 다시 그 안개가 낀 것 같은 시선과 내가 가장 두려워하는 그 위험하고도 근시안의 금수와 같은 얼굴을 했다. 나는 대화를 중단해 버렸다.
　그 일만 제외하고는 그 긴 주말은 우리에게 퍽 유익했었다. 로스앤젤레스에서 되돌아올 때에는 언제나 우리는 햇볕에 그을려 구릿빛이 되었으며, 긴장도 풀리고 기분도 아주 좋았다.
　그로부터 사흘 후, 루이스의 그 유명한 카우보이 영화 촬영을 끝냈다. 그래서 그 영화의 감독이었던 빌 매클레이가 마지막 촬영을 축하하기 위해 영화 세트장에서 한잔 내기로 되어 있었다. 그것은 전체가 나무로 되었는데, 전면만 세워 놓은 촬영장의 마을에서 하게 되었었다. 루이스가 온 여름을 소요했던 곳이다.
　나는 여섯 시경, 그곳에 미리 도착했다.
　빌 매클레이가 세트장의 한길 가운데 있는 술집에 앉아 있는 것이 보였다. 그는 보통 때와 같이 기분이 좋지 않아 보였고, 기진맥진하고 퍽 거칠어 보였다.
　그의 밑에서 일하는 사람들은 좀 떨어진 곳에서 무대를 준비하고 있었는데, 그는 험악한 눈을 하고 혼자 테이블에 앉아

있었다. 그 당시, 그는 술을 많이 먹었기 때문에 영화사에서는 그에게 2류 영화밖에는 맡기지 않았었다. 그것이 그의 신경을 극도로 날카롭게 만들어 놓았던 것이다.

그는 나를 보았다. 그래서 나는 하는 수 없이 먼지투성이의 그 술집 계단을 두 계단 올라가지 않을 수 없었다.

"도로시, 그래, 당신 정부가 촬영하는 걸 보러 왔소? 오늘은 그 사람에겐 굉장한 장면이지. 자, 용기를 내시지. 그 친구, 아주 몸이 근사하거든. 당신, 한동안은 그 사람 데리고 있어도 손해는 안 볼 거요."

그는 낄낄거리며 말하고 있었으나 술에 취해서 곤드레만드레가 되어 있었다.

나는 다른 사람들이 생각하는 것처럼 그렇게 참을성이 있는 성격은 아니었다. 그래서 나는 그에게 상냥한 말투로 '더러운 사생아'라고 말해주었다.

그는 나에게 만약 내가 여자만 아니었다면 벌써 가루로 만들어 버렸을 거라고 중얼거렸다.

"어쨌든 분명히 알려주겠는데, 난 폴 브레트와 약혼했어요" 하고 나는 냉정하게 말했다.

"그건 알고 있어. 하지만 모두들 얘기가 삼각관계라고 그럽디다."

그는 별안간 웃음을 터뜨렸다. 나는 그의 면상에 무엇이든, 이를테면 내 핸드백이라도 던지려고 했다.

바로 그때에 그림자 하나가 문에 비쳐 왔다. 루이스였다. 나는 얼른 다시 태도를 부드럽게 바꾸었다.

"이봐요, 빌, 미안해요. 내가 당신을 무척 좋아하고 있다는 건 당신도 아시지 않아요? 그런데 내가 요즈음 약간 신경질이 되어 버렸나봐요."

빌은 그런 상태에서 약간 놀라는 것 같은 표정이었다. 그러나 이내 마음을 가라앉히고, "그게 바로 아일랜드 피를 받아서 그런 거야. 그저 간단히 없어지지 않을걸. 그건 당신도 알게 될 거야. 안 그런가, 이 사람아, 응?"

그는 이렇게 루이스에게 한마디 툭 내뱉고 밖으로 나가버렸다.

나는 약간 신경질적으로 웃었다.

"빌은 사랑스러운 사람이야……. 저 사람, 제 정신으론 실수를 안 하는 사람인데, 그래도 마음씨는 기가 막히게 착하거든……."

루이스는 대꾸하지 않았다. 그는 목에 수건을 두르고 카우보이 차림을 하고 있었는데, 수염이 텁수룩한 채 멍한 표정을

하고 있었다.

"결국은 그러니까," 하고 나는 덧붙여 말했다. "좋은 친구죠. 그런데 마지막 장면에선 어떤 걸 찍죠?"

"살인하는 거예요." 루이스는 침착하게 대답했다. "내가 내 누이 역으로 나오는 그 처녀를 범한 녀석을 죽이는 겁니다. 그런데 분명히 말씀드리겠습니다만, 용기가 필요했습니다."

우리는 천천히 촬영소를 향해갔다. 루이스는 촬영 준비를 하기 위해 10분 동안 내게서 떠나가 있었다.

빌은 그의 밑에서 일을 하는 기술자들이 모든 준비를 완벽하게 준비해 놓았는데도 욕설을 마구 퍼부었다. 그는 이젠 완연히 자기 자신을 자기가 억제하지 못하고 있었다. 할리우드가, 할리우드와 알코올이 그를 망쳐 놓은 것이다. 칵테일 테이블들은 밖에 준비되어 있었고, 벌써부터 몇몇의 목마른 사람들은 잔을 비우고 있었다.

그 세트로 꾸민 마을에는 백여 명은 족히 되었는데, 모두들 삼삼오오 떼를 지어 카메라 둘레에 모여 있었다.

"루이스를 클로즈업 하는 거야." 빌은 이렇게 으르렁대면서 "그런데 루이스는 어디 있어?" 하고 외쳤다.

루이스가 조용히 그의 앞으로 왔다.

그는 손에 윈체스터 총 한 자루를 들고 있었다. 그리고 그는 누가 자기를 귀찮게 굴 때마다 항상 그의 얼굴에서 떠나지 않는, 예의 그 멍한 표정을 하고 있었다.

빌은 몸을 숙이고 카메라에 눈을 갖다 대었다. 그러고는 길게 욕설을 늘어놓았다.

"틀렸어, 몸가짐이 틀렸어. 총을 겨눠. 날 겨누란 말이야. 나를 보고…… 격분한 얼굴을 하라고. 알겠어? 격분한 얼굴을…… 제기랄, 그렇게 바보 같은 얼굴은 하지 말란 말이야. 자넨 지금 자기 누일 망쳐 놓은 더러운 놈을 죽이려는 거야……. 옳지, 됐어. 그거야……. 좋아…… 총을 쏘는 거야……. 그리고……."

나는 루이스의 얼굴을 볼 수 없었다. 그는 내게 등을 돌리고 있었으니까.

그리고 그는 쏘았다. 빌은 두 손으로 배를 움켜쥐었다. 피가 솟구치며 그는 쓰러졌다. 순간적인 일이었다. 그러자 이내 사람들이 달려들었다.

루이스는 얼빠진 사람마냥 총을 바라보고 있었다.

나는 돌아서서 곰팡내 나는 가짜 벽에 기대 토하기 시작했다.

경감은 대단히 상냥하고 논리적인 사람이었다.

누군가가 공포 대신에 실탄을 넣은 것이 틀림없었고, 그 누구인지는 몰라도 빌 매클레이를 미워하는 수많은 사람들 중의 어느 한 사람임에는 틀림없을 것이며, 또 그것은 빌을 잘 알지 못하는 루이스는 결코 아닐 것이며, 뿐만 아니라 백여 명의 사람들이 모인 앞에서 살인은 하지 않을 것이 상식적인 일이니까. 루이스가 범인은 아닌 것이 확실하다는 것이었다. 사람들은 루이스를 거의 동정하다시피 하였고, 그가 입을 다물고 사나운 얼굴을 하고 있는 것은 정신적 충격을 크게 받은 탓이라고 말했다.

우리는 열시경에 몇몇 증인들과 함께 경찰서에서 풀려나왔다. 그리고 누군가가, 우리가 못 마신 술을 마시러 가자고 제의했다. 나는 거절했다. 루이스도 나를 따랐다.

돌아오는 동안, 우리는 단 한 마디도 말을 나누지 않았다. 나는 극도로 피곤해 있었다. 화를 낼 기력조차 없었던 것이다.

"저도 다 들었어요."

루이스는 계단 밑에서 이렇게 한 마디만 했다. 나는 아무 대답도 하지 않았다. 나는 어깨만 으쓱해 보였다. 그러고 나서 수면제 세 알을 먹고 금방 잠들어 버렸다.

14

 매우 지루한 듯한 표정을 지으면서 경감은 내 응접실을 찾아왔다. 그는 회색 눈에 꽉 다문 입술과 지나치리만큼 마른 듯한 체격이었으나, 어쨌든 미남이었다.
 "이해해 주시겠지만, 이건 순전히 형식적인 수속에 불과한 것입니다" 하고 그는 말을 꺼냈다. "그런데, 정말 그 소년에 대해서 아무것도 아시는 것이 없습니까?"
 "없습니다."
하고 나는 대답했다.
 "그런데 댁에서 여섯 달째나 살고 있었나요?"
 "그렇습니다."
 나는 막연히 변명하는 듯한 몸짓을 했다. 그러면서 이렇게 물었다.
 "제가 호기심이 없다고 생각하시겠지요?"
 그는 그의 검은 눈썹을 위로 치켜 올렸다. 그의 얼굴은 전에 폴이 보여주던 표정과 아주 흡사한 표정이었다.
 "그건, 제가 말할 수 있는 최소한의 얘깁니다."

하고 그는 말했다.

"제 얘긴요……" 하고 나는 말했다. "사람들은 자기와 가깝게 지내는 사람들에 대해서 뭘 너무 많이 알고 있다고 생각해요. 그건 지겨워요. 사람들은 그들이 누구와 살고 있는지, 또 무엇으로 살고 있는지, 그들이 누구와 같이 자고 있는지, 자기들 자신에 대해선 어떤 것을 즐겨 생각하고 있는지…… 하여간, 무엇이건 너무 많이, 너무 잘 알고 있단 말이에요. 약간의 비밀이 있는 게 편안하지 않을까요? 안 그런가요? 경감님께선 어떻게 생각하세요?"

그러나 그는 그렇게 생각하지 않는 것 같았다.

"그것은 하나의 견해일 뿐입니다……" 하고 그는 냉담하게 말했다. "그리고 또 그건 내 수사를 조절할 수는 없는 견해지요. 물론 나는 그 사람이 고의로 매클레이를 죽였다고는 생각지 않습니다. 더구나 그 사람은 매클레이가 아껴 주던 유일한 사람이었던 것 같고요. 그렇긴 하지만, 총을 쏜 것은 다름 아닌 그 사람입니다. 그러니 그의 장래의 일을 위해서도 법정에서는 그의 인상을 되도록이면 천사와 같이 이야기해 주는 게 좋을 겁니다."

"그런 건 그 사람에게 물어보세요……" 하고 나는 또 이렇게 말했다. "저는 그가 버몬트에서 태어났다는 건 알고 있어요. 그게 제가 알고 있는 전부예요. 그 사람을 지금 깨울까요? 아니면 커피나 한잔 더 드릴까요?"

그것은 빌이 살해된 그 이튿날의 일이었다. 페어슨 경감이 여덟시에 나를 찾아왔기에, 나는 자리에서 일어났던 것이다.

루이스는 그때까지 자고 있었다.

"커피를 한잔 더 주십시오……" 하고 그는 말했다. "세이머 부인, 또 한 가지 실례되는 질문을 하겠는데 용서하십시오. 저, 부인과 루이스 마일스와는 어떤 관계신지요?"

"아무 관계도 없습니다……" 하고 나는 말했다. "경감님께서 생각하실 수 있는 관계 같은 건 전혀 없습니다. 내 눈에는 그 사람은 어린이예요."

그는 나를 바라보더니 갑자기 웃었다.

"전 여자를 믿지 않는 것이 아주 오래전부터입니다."

나는 약간 비위를 맞추는 웃음을 웃었다.

사실 나는 그 불쌍한 소년이 이 지방의 법률 앞에서 그 끔찍한 얘기를 하는데 앞뒤가 맞지 않는 소리를 횡설수설하게 내버려 둔다는 것을 생각하면 전율을 느끼지 않을 수 없었다. 나는 동시에 만약 그가 배가 나오고 살빛이 보랏빛이며 난폭한 사람이었다면, 나의 감정도 그리 강하지는 못했을 것이라고 혼자 생각했다.

그런데다가 나는 수면제 기운이 완전히 깨어나지 않았기 때문에 선 채로 졸고 있었다.

"그 소년, 앞날이 총망되겠던데요……" 하고 나서 덧붙여 "주목할 만한 배웁니다" 하고 말했다.

나는 커피 주전자 뒤에서 꼼짝 않고 서 있었다.

"그걸 경관님께서 어떻게 아시죠?"

"어젯저녁 우릴 위해서 영화 촬영한 필름을 스크린에 비쳐 보게 했습니다. 수사관을 위해서는 영화로 찍힌 살인을 보는 것이 아주 편리하다는 것을 잘 아실 겁니다. 그건 나중에 다시 꾸며서 할 수가 없으니까요."

그는 부엌 문을 통해서 얘기하고 있었다. 나는 바보같이 한 번 픽 웃었다. 그러다가 그만 손가락에 끓는 물을 엎질렀다. 그는 계속해서 또 이런 얘기를 했다.

"루이스의 얼굴을 클로즈업했을 때 보면 등골이 섬뜩해지죠."

"그는 위대한 희극 배우가 될 걸요. 모두들 그런 소릴 하더군요."

하고 나는 대답했다.

그리고 나서 나는 냉장고 위에 있는 스카치 병을 집어다가 한 잔을 가득 따라서 숨을 죽이고 그대로 들이켰다. 눈에 눈물이 핑 돌았다. 그러나 가련한 두 개의 나뭇잎처럼 떨리는 두

손은 이제는 떨리지 않았다. 나는 다시 거실로 돌아와 공손하게 커피를 따랐다.

"부인께서는, 저 젊은 루이스 마일스가 빌 매클레이를 죽일 만한 동기는 전혀 없다고 생각하십니까?"

"그럴 만한 동기는 전혀 모르겠는데요."

하고 나는 딱 잘라 말했다.

그렇다, 나는 공범자였다. 내 자신의 눈에만 그랬을 뿐 아니라, 법의 눈에도 역시 나는 공범자였다. 국가의 감옥들이 나를 노리고 있었다. 자, 그러니 잘 되었다! 나는 감옥으로 갈 것이다. 그러면 내 마음이 편안해질 것이다. 문득 나는, 만약 루이스가 모든 것을 자백하는 날엔 모든 사람들 눈에 내가 단순한 공범자일 뿐만 아니라, 그의 모든 범죄의 선동자가 될 것이고, 따라서 나를 맞아 줄 것은 오직 전기의자밖에 없을 것이라는 사실을 절실히 깨달았다. 나는 순간 눈을 감았다. 확실히 운명은 어긋났던 것이다.

"불행히 우리들도 아무런 동기를 발견하지 못 했답니다" 하고 페어슨의 목소리가 들려왔다. "죄송합니다. 잘못하다간 제가 우리 얘길하게 되겠군요. 그 매클레이란 사람, 아주 난폭한 인간이었던 모양입니다. 그러니 누군가가 부속품부에 가서 탄약을 바꿔 넣을 수 있었겠죠. 지키는 사람도 없었으니, 그런 일이 오래 갈 위험성이 짙습니다. 그래, 요즈음 전 기운이 다 빠져 버렸어요."

그는 한탄을 늘어놓기 시작했다. 그러나 그런 것에 나는 조금도 놀라지 않았다. 왜냐하면 내가 만나는 사람들은 누구나

가 다. 그것이 경찰관이건 우편배달부건 작가이건 간에 항상 이야기의 끝에 가서는 결국 나에게 자기들의 걱정거리를 이야기하기 때문이었다. 그것도 내가 지니고 있는 하나의 재주라고 볼 수 있다. 심지어는 차장까지도 나에게 부부싸움 한 얘기를 털어놓는 판이니까.

"지금이 몇 시죠?" 하고 아직도 잠에 취한 목소리가 들려왔다. 그러더니 루이스가 실내복 차림으로 눈을 비비며 계단에 나타났다. 그는 얼핏 보기에도 잠을 잘 잔 것이 틀림없다. 그래서 나는 화가 더 치밀었다. 엄밀히 말하자면, 사람을 몇씩 죽이고도 밤새 베개 위에서 괴로워하지도 않고, 새벽에 자기 자신이 직접 경찰관을 맞아들이니 말이다.

나는 간단히 그를 소개했다. 루이스는 조금도 놀라는 기색이라곤 없었다.

그는 페어슨과 악수를 하고는 나를 보고 히죽 웃으며, 모호한 얼굴로 커피를 마셔도 좋겠느냐고 물었다.

나는 그 순간, 그가 아직 잠이 덜 깬 상태에서, "아직도 그전날 밤의 일로 자기를 원망하고 있느냐?"고 나에게 물으려 하는 것을 알아차렸다. 그것으로서 모든 것이 충분했던 것 같았다. 나는 내 손으로 그에게 커피를 따라 주었다. 그는 페어슨 앞에 앉았다. 그리고 신문訊問이 시작되었다.

그래서 나는 그때에야 그 온순한 살인자가 굉장히 좋은 가정에서 태어났으며, 공부도 뛰어났었고, 후견인들마다 그에게 홀딱 반했었건만, 그의 방랑벽과 변화를 좋아하는 취미 때문에 화려하고 평탄한 인생을 걸을 수 없었다는 사실을 알게 되었다.

나는 바보처럼 입을 벌리고 그 얘기를 듣고 있었다.

내 생각이 틀리지 않았다면, 그 소년은 도로시 세이머라는 팔자 사나운 여자인 내 팔에 떨어지기 전까지는 한 사람의 완벽한 시민이었던 것이다. 그런 것을 내가 네 번이나 범죄 속으로 그를 몰아넣은 셈이다. 도무지 갈피를 잡을 수 없는 일이었다. 나라는 사람은 평생에 파리 한 마리도 마음 편하게 죽여 보지 못한 사람이었으며, 개건 고양이건 사람이건 갈 곳을 모르는 자들이면 모조리 내 집으로 끌어들인 그런 내가 아니었던가.

루이스는 창고 안의 테이블 위에 늘 놓여 있던 윈체스터를 집어 왔는데, 8주째 촬영을 계속해 오는 도중 모두들 사방에서 총을 쏘아 왔어도 사고라고는 한 번도 없었기 때문에, 자기가 들고 나온 총도 그것이 어떤 것인가를 확인해 볼 생각조차 안 해보았느라고 담담하게 설명했다.

"매클레이에 대해선 어떻게 생각하고 있었는지요?"
라고 페어슨이 불쑥 물었다.

"주정쟁이라고 생각했습니다" 하고 루이스가 대답했다. "불쌍한 술주정쟁이라고 생각했지요."

"그 사람이 쓰러졌을 때, 어떤 느낌이 들던가요?"

"아무렇지도 않았어요……" 라고 루이스는 냉담하게 대답했다. "놀랐을 뿐이지요."

"지금은요?"

"지금도 그렇지요."

"사람을 죽였다는 생각으로 잠이 안 오지는 않던가요?"

 루이스는 고개를 들어 경감을 정면으로 쳐다보았다. 나는 별안간 이마에 땀이 흐르는 것을 느꼈다.
 그는 손가락을 물어뜯었다. 그러고는 두 손으로 매우 난처한 듯한 몸짓을 했다.
 "그런 것 때문에 어떻게 된 건 전혀 없군요."
라고 그는 말했다.
 나는 그것이 사실이라는 것을 알고 있었다. 그런데 내가 더 크게 놀란 것은, 그 말이 오히려 그 무엇보다도 페어슨 경감에게 그의 무죄를 강하게 설득시켰다는 점이었다.
 경감은 일어나서 한숨을 쉬고는 그의 서류철을 닫았다.
 "루이스 씨, 지금 당신이 내게 한 얘기들은 모두 간밤에 벌써 확인된 겁니다. 아니면, 거의 확인된 바나 다름없는 거죠. 제가 와서 폐를 끼쳐 미안합니다. 하지만, 이게 다 법칙이라서요. 부인, 정말 감사합니다."
 나는 현관 앞 층계까지 그를 배웅해 주었다. 그는 언제고 칵테일이나 마실 기회가 없겠느냐는 이야기를 몇 마디 입속으로 중얼중얼하는 것을 나는 얼른 승낙해 버렸다. 나는 그가 집을 떠날 때 그에게 상냥한 웃음을 지어 보였다. 내가 생각해도 필요 이상으로 활짝 크게 웃었다.

부들부들 떨면서 나는 집 안으로 들어섰다. 루이스는 자신만만한 얼굴로 커피를 마시고 있었다.

나는 두려움이 가시자, 와락 화가 치밀어 올랐다. 나는 방석을 하나 집어서 그의 머리에다 냅다 던졌다. 그러고는 계속 내 거실에 흩어져 있던 사소한 물건들을 닥치는 대로 집어 던져 버렸다. 나는 물론 목표를 겨누지도 않고 계속 던지고 있었다. 그러자 커피 잔 하나가 그의 이마에 부딪쳐 깨어져 버렸다. 그의 이마에서 피가 홍건히 배어 나오기 시작했고 나는 장의자 위에 쓰러졌다.

루이스는 머리를 내 손 위에다 기대었다. 나는 내 손가락 사이로 따뜻한 피가 흐르는 것을 느꼈다.

그러자 난 이상한 생각이 들었다—6개월 전에 어느 쓸쓸한 거리에서 불빛을 받으며 바로 이 손으로 지금 이 머리를 받치고 있었고, 그리고 지금과 똑같은 피가 내 손가락 위로 흐르고 있었는데, 왜 그때에는 내가 아무런 예감도 느끼지 못했을까 하고 생각했다. 나는 그때에 그를 그자리에 내버려 두고 도망쳐 버리거나, 아니면 그를 그대로 죽게 했어야 옳았을 것이다.

나는 울면서 목욕실로 올라가 알코올로 그의 상처를 닦아 주고 약을 발라 주었다.

그는 아무 말도 하지 않았다. 그는 매우 겸연쩍은 얼굴을 하고 있었다.

"겁이 나시는 모양이죠……" 하고 그는 마침내 믿을 수 없다는 듯한 얼굴로 입을 열었다. "이성적이 못 되시는군요."

"이성적이 못 된다구요?" 하고 나는 날카롭게 쏘아붙였다. "난, 지금, 내 집 지붕 밑에 사람을 다섯이나 죽인 사람하고 같이 있단 말이에요……."

"넷입니다."

하고 그는 겸손하게 말했다.

"넷이라구요? ……넷이나 다섯이나, 많이 죽이긴 매한가지지요. 그래서 아침 여덟시에 경찰이 와서 나를 깨우다니……. 그런데, 내가 겁이 난 것이 이성적이 못 된다구요……. 그것 참 대단한 소리군요."

"하지만, 아무 염려 없지 않습니까—" 하고 그는 명랑하게 말했다. "다, 잘 보시지 않았나요?"

"그보다도—" 하고 나는 말을 이었다. "그보다도, 전에 그렇게 모범적인 소년이었던 그 생활이 도대체 어떻게 된 거예요? 착한 학생에, 착한 고용인에, 모든 일에 다 착했던 사람이……"

"내가 어떻게 보입니까? 마타 하리같이 보이던가요?" 그는 갑자기 웃음을 터뜨렸다.

"도로시, 전에도 얘기했지만, 전 당신을 알기 전까지는 제겐 아무것도 없었어요. 나 혼자뿐이었죠. 그런데 이제는 내가 어떤 것을 가지게 되었으므로, 그걸 지키는 것에 불과할 뿐이에요."

"하지만 당신은 아무것도 가진 것이 없어요" 하고 나는 몸시 화가 나서 이렇게 말했다. "난 당신 것이 아녜요. 난 당신의 애인이 아니란 말이에요. 그리고 당신도 알다시피 난 누가 우리를 태워 죽이거나, 목을 매달아 죽이지 않는 한, 폴 브레트와 며칠 안으로 결혼할 생각이에요."

그는 벌떡 일어서더니 나에게로 등을 돌렸다.

"당신은……" 하고 그는 아득한 목소리로 말했다. "당신이 폴과 결혼을 하면, 내가 당신 곁에서 떠나리라고 생각하시는군요?"

"하지만, 폴이 그런 생각을 하리라곤 나는 전혀 믿지 않는데요……" 하고 나는 얘기를 시작했다. "하기야 그 사람이 당신을 무척 좋아하는 하죠. 그렇지만……."

나는 급히 입을 다물었다. 그는 다시 내게로 얼굴을 돌리고 있었다. 그리고 그는, 이제 와선 내가 너무나도 잘 알고 있는 그 몸서리치는 얼굴로 나를 바라보고 있었다. 그 맹목의 얼굴 표정……. 나는 아주 날카로운 목소리로 외치기 시작했다.

"루이스, 안 돼요, 안 돼. 만약에 폴에게도 손을 대는 날이면, 죽는 날까지 다시는 당신을 안 보겠어요. 영원히 난 당신을 증오할 거예요. 그리고 모든 것이 끝나는 거예요. 당신과 나는 끝나는 거예요."

끝나다니, 무엇이 끝난단 말인가? 나는 스스로 자문해 보았다.

"저는 폴에게는 손대지 않겠습니다……" 하고 그는 말했다. "하지만, 당신만은 평생을 두고 보고 싶습니다."

그는 마치 상처를 입은 사람처럼 천천히 층계를 올라갔고 난 방에서 나왔다. 태양은 내 낡은 정원과, 다시 그전처럼 동상이 되어 버린 롤스로이스와 멀리 보이는 언덕들…… 내 평생을 통해서 그처럼 평화롭고 즐겁던…… 그 모든 조그마한 세계를 명랑하게 비쳐주고 있었다.

나는 그때까지도 나의 상처받은 인생을 슬퍼하며 눈물을 흘리고 있었다. 그리고 코를 훌쩍이면서 방으로 들어갔다. 나는 옷을 입어야만 했기 때문이다. 그건 그렇고, 그 페어슨이라는 경찰관, 생각할수록 멋진 미남이었다.

15

내가 이틀 동안의 악몽을 치르고 난 그 다음 날이었다.

그 이틀간 나는 아스피린으로 나날을 보냈고, 내 문제에 관한 안이한 해결방법으로 죽음까지 생각했었다.

폭풍우가 일어났다. 아니, 좀더 정확히 말하자면, 태풍이 휘몰아쳐 온 것이다. 안나라는 이름의 태풍이 우리 주위의 언덕 위를 몰아쳤다.

나는 새벽녘에 침대가 몹시 흔들려 잠이 깼다. 그리고 요란한 물소리가 들려왔다. 나는 일종의 쓰디쓴 안도감을 느꼈다. 우주의 원소가 그 힘을 발휘하고 있는 것이다.

〈맥베스〉가 멀지 않은 것이다. 종말이 가까워온 것이다.

나는 창가로 가서, 강으로 변한 길 위로 빈 마차들이 지나가고 이어서 여러 가지 부숴진 조각들이 떠내려 가는 것을 내다보았다. 계속해서 나는 집 안을 한바퀴 돌아 보았다. 그러다가 창문으로 내다보니 정원에 있는 롤스로이스가 마치 한 척의 고깃배같이 둥둥 떠 있었다. 물이 베란다 밑에까지 올라와 있었다. 나는 또 한 번 정원을 공들여 가꾸지 않은 것을 다행으로 생각했다. 만약 가꾸어 놓았다면 지금쯤 아무것도 남아 나지 않았을 테니까.

나는 아래로 내려왔다. 루이스가 넋을 잃고 창가에 앉아 있었다. 그는 내게 커피를 주려고 그 애원하는 듯한 눈으로 얼른 달려왔다. 그는 빌 매클레이를 죽인 이후로 줄곧 그런 애원하는 듯한 눈매였다. 그 눈은 마치 천박한 실수를 용서해 달라고 비는 어린애의 눈과도 같았다.

나는 얼른 다시 오만한 표정을 지었다.

"오늘은 도저히 스튜디오에 갈 수가 없습니다……" 하고 그는 쾌활하게 말했다. "길마다 물이 차서 다닐 수가 없으니까요. 전화도 끊기고."

"잘 됐군요."
하고 나는 말했다.

"다행히 어제 제가 토지 상점에서 스틱 둘하고, 당신이 좋아하는 설탕에 절인 과일 케이크를 사다 놓았지요."

"고마워요."
하고 나는 의젓하게 말했다.

그러나 나는 실은 매우 기뻤다. 일을 안 한다는 것, 실내복 바람으로 슬슬 집에서 지낸다는 것, 그리고 맛있는 토지의 과자들……. 그건 그리 기분 나쁜 것은 아니었다. 더구나 그때에, 나는 아름답고 달콤한 얘기로 가득 찬 감격적인 소설을 읽고 있었는데, 그 소설로 인해서 나는 살인죄와 주위의 음산한 분위기에서 벗어나 기분을 전환할 수 있었다.

"폴은 화가 났겠는데요……" 하고 루이스가 말했다. "그는 이번 주말에 당신을 라스베이거스로 데려가려고 했으니까요."

"난, 이제 어느 날엔가 쓰러지고 말 거예요" 하고 나는 말했다. "그리고 난, 오늘은 이 책을 마저 읽어야겠는데, 당신은, 당신은 뭘 할 예정이에요?"

"음악이요" 하고 그는 대답했다. "그리고, 제가 요리를 만들어 드리죠. 그 다음엔, 우리 같이 카드를 할까요? 안 되겠어요?"

그는 눈에 띄게 기뻐서 어쩔 줄을 몰라 했다. 그는 그날 하루 낮 동안, 나를 자기 마음대로 움직이려 했다. 그는 필경 그날 새벽부터 무척이나 좋았던 모양이다. 나는 그러한 그에게 웃어 보이지 않을 수가 없었다.

"우선 내가 책을 읽는 동안, 음악이나 시작해 보시죠. 내 생각엔, 텔레비전이나 라디오도 끊어졌을 거예요."

나는 루이스가 종종 기타로 느리고도 아주 우수에 찬 듯한 이상한 음악을 연주한다는 사실과, 그 자신이 작곡을 한다는 사실을 잊어버리고 이야기하지 않았다.

나 자신은 별로 음악을 좋아하지 않기 때문에 나는 그 음악을 곧 잊어버리고 말았다. 그래서 그날도 그는 기타를 치면서 노래를 하기 시작했다.

밖에서는 폭풍우가 윙윙 휘몰아치고 있었다. 나는 내가 좋아하는 살인자와 마주 앉아 뜨거운 커피를 마시고 있었다. 나는 기분이 편안하고 목에서는 끄룩끄룩 소리를 내고 있었다.

결국 안이한 행복을 갖는다는 것은 무서운 것이다. 행복, 그것은 꼼짝없이 걸려드는 것이다. 사람들은 신경쇠약에서 빠져나가기보다 행복에서 빠져나가기가 더 어렵다. 사람들은 심한 불안 속을 허우적거리며 몸부림치며 자기를 방어하고, 어떤 한 가지 생각에 집요하게 매달리게 되는데, 그런 때에 갑자기 행복이 마치 한 개의 조약돌이나 태양광선처럼 이마에 와서 확 부딪치면 살아 있다는 기쁨에 취해서 그대로 마냥 뒤로 처지기 마련이다.

그날 하루는 그렇게 해서 지나갔다.

루이스는 카드놀이에서 15달러를 내게서 가져갔고 그리고 요리는 내게 맡기고는 기타를 쳤다. 나는 또 책을 읽었다. 나는 그와 함께 있는 것이 조금도 지루하지 않았다. 그는 마치 한 마리의 고양이처럼 가벼웠다. 그 반면 폴은 그 훌륭한 체격으로 가끔 나를 귀찮게 굴었건만, 나는, 만약 폴과 함께 이러한 상황에서 하루를 보냈다면 어떠했을까 하는 생각은 차마 상상할 수가 없었다.

그 사람 같았으면 전화를 고치고, 물에 떠 있는 롤스로이스를 붙들어 매놓고, 덧문들을 보호하고 나와 같이 내 시나리오를 끝마치고, 사람들에 대한 이야기를 하고, 사랑을 하고, 또 뭐에 뭐에…… 아무튼 여러 가지 일들을 하려고 했을 것이다.

그러나 루이스에게 그런 것은 전혀 문제가 되지 않았다. 집이 기둥째 뽑혀 노아의 배처럼 떠내려 갈지도 몰랐다. 그런데도 그는 축 늘어진 채 기타만 치고 행복해하고 있었다. 그렇다, 생각해 보니, 그 안나라는 이름의 대폭풍 속이었지만, 그날은 너무나 아늑한 하루였다.

밤이 되자, 자연의 심술은 더욱더 격심해졌다. 덧문들이 하나씩 무서운 소리를 내며, 마치 새들처럼 바람에 날려갔다. 밖은 암흑 그대로였다. 나는 이 지방에서 일찍이 그런 지독한 폭풍우는 본 기억이 없다. 가끔 가다 롤스로이스가 마치 밖에 혼자 내버려진 성난 개처럼 문이며 벽에 와서 꽝꽝 부딪쳤다. 나는 겁이 나기 시작했다. 나는 하느님이 얼마 전부터 그 분의 그 끝없는 사랑 속에서 이 어리석은 종에게 혼을 내주시는 것이라고 생각했다. 루이스는 물론 내가 어쩔 줄 몰라 하는 꼴을 보고는 기쁘고 즐겁기만 한 것처럼 짐짓 더 으쓱거리는 것이었다. 난 약간 신경질이 나서 일찌감치 자러 갔다. 그리고—약을 애써 피하던 시기가 이제 끝나고 말았으니—그 후론 으레 잠을 자려면 습관적으로 찾게 되는 수면제를 먹고 잠을 자 보려고 애썼다. 그러나 허사였다.

바람은 더욱 기승을 떨며 휘몰아치고 있었고, 집은 사방에서 덜커거렸다. 그러더니 자정쯤 되자, 집이 진짜로 크게 덜커덩거렸다.

지붕이 내 머리 위에서 완전히 날아가 버린 모양이다. 그러자 내 몸 위로 물벼락이 떨어졌다. 나는 외마디 소리를 지르며 반사적으로 물이 흥건한 이불 밑에 머리를 처박았다. 그 다음엔 방 밖으로 뛰어나가 루이스의 팔에 와락 안겼다.

사방은 캄캄했다. 그는 나를 바싹 끌어당겼다.

얼마 후에 나는 더듬더듬 다시 내 방으로 돌아와 보니, 지붕은 기적적으로 그냥 붙어 있었다. 집은 사나운 질풍에 위쪽

이 반쯤 무너져 있었고, 그래서 내가 물벼락을 맞았던 것이다.

루이스는 자기 침대에서 홑이불을 떼어다가 나를 마치 늙은 개처럼 온몸을 문질러 주고, 게다가 또 마치 자기 개가 무서워할 때에 달래주는 말투로 이렇게 말하는 것이었다.

"이제 그만둬요……. 자, 그만…… 아무것도 아닌데 뭘 그래요……. 이제 곧 괜찮아질 거예요……."

그리고 나서, 그는 스카치 병을 찾으러 라이터 불을 켜고 부엌으로 내려갔다. 부엌에서 돌아온 그는 무릎까지 젖어 있었다.

"온통 부엌이 물바다예요" 하고 그는 태연하게 말했다.

"장의자가 안락의자들하고 응접실에 둥둥 떠 있던데요. 이놈의 병도 제멋대로 떠다니는 바람에 이걸 잡느라고 헤엄을 치다시피 했어요. 물건들이 본래의 용도가 달라져서 재미있어 보이고, 아주 우습던데요. 그렇게 바보같이 우람하기만 하던 냉장고도 물에 떠 있었으니 말이에요."

나는 그것이 그렇게 재미있지는 않았다.

그러나 나는 그가 내 기분을 전환시켜 보려고 최대한으로 애를 쓰고 있다는 것은 느낄 수가 있었다.

우리는 암흑 속 그의 침대에 앉아, 홑이불을 둘둘 말고 떨면서 술을 병째 마시고 있었다.

"이젠 어떡하죠?"

하고 나는 물었다.

"날이 새길 기다려야죠" 하고 루이스는 평화스럽게 대답했다. 그리고 " 벽은 단단하니까, 내 마른 침대에 누워서 주무시기만 하면 됩니다" 하고 권했다.

자다니—이 소년은 미쳤던 것이다. 그러면서도 나는 공포와 알코올 때문에 머리가 핑 돌아 결국은 그의 침대에 눕고 말았다.

그는 내 옆에 앉아 있었다. 나는 그 밤이 영원히 끝나지 않을 것이며, 이젠 죽은 것만 남았구나 하는 생각이 들기 시작했다. 그러자, 어떤 슬픔이, 어린애 같은 두려움이 목구멍까지 꽉 차 올랐다.

"루이스……" 하고 나는 애원하듯 말했다. "무서워요, 내 옆에 누워줘."

그는 아무 대답도 하지 않았다. 그러나 잠시 후에 그는 침대를 한 바퀴 돌아서 내 곁에 누웠다. 우리는 둘이 서로 등을 대고 누워 있었다. 그는 아무 말 없이 담배 한 대를 피우고 있었다.

바로 그때에 유난히 더 거센 물결에 밖에 있던 롤스로이스가 밀려와서는 우리들이 누워 있던 방 벽에 꽝 하고 부딪혔다. 벽이 무서운 소리를 내며 크게 흔들렸다. 그 바람에 나는 루이스의 품속으로 와락 달려들었다. 깊이 생각할 겨를도 없었다. 어쨌든 나를 꽉 안아 줄 사람, 그리고 품에 꼭 안길 남자가 필요했던 것이다. 그런데 루이스가 그렇게 해준 것이다.

그와 동시에 그는 그의 얼굴을 내 얼굴 위로 기울이며, 내이마와 머리와 입에 기가 막힌 애정으로 부드럽고도 한결같은 키스를 퍼부었다. 그러면서 그는 내 이름을 중심으로 한 무엇인가 사랑이 넘치는 말들을, 내가 그의 머리와 몸에 묻혀 있었기 때문에 그 소리도 내 몸속에 묻혀 잘 알아들을 수는 없었지만, 기도와도 같은 말들을 끊임없이 중얼거리고 있었다. "도로시, 도로시, 도로시……." 그러나 그의 목소리가 폭풍우 소리를 지워 버릴 수는 없었다. 나는 움직이지 않았다. 그의 뜨거운 몸에 닿아 있던 내 몸도 뜨거워졌다. 그리고 나는 막연히 '이제 이렇게 끝나는구나……' 하는 생각과, 그게 그리 중요한 문제는 아니라는 생각 이외엔 정말이지 아무것도 생각나지 않았다. 그렇지만 그렇게 끝나 버릴 수는 없는 노릇이었다. 그리고 그것을 나는 불현듯 깨달았다. 나는 또한 루이스가 어떤 인간인지, 그리고 그의 모든 행동의 의미를 깨달았다. 여러 번에 걸친 그의 살인과, 내게 대한 그의 무모한 정신적 사랑도.

나는 다시 벌떡 일어났다. 그러자 그는 내 몸을 놓아주었다. 우리는 잠시 동안, 서로가 아연한 표정으로 움직이지 않고 그대로 있었다. 마치 별안간 뱀이라도 한 마리 우리 사이에 끼여들기라도 한 듯이. 내 귀에는 이미 바람 소리도 들리지 않았다. 들리는 것은 오직 둔탁한 내 심장의 고동 소리뿐이었다.

"그러니까―" 하고 루이스의 목소리가 새어 나왔다. 느릿느릿하게……. 그러고 나서 그는 라이터에 불을 켰다. 나는 라이터의 불빛에 비친, 너무나 완벽하게 아름다운, 너무나 고독한, 영원히 고독한…… 그를 보았다. 나는 무서운 연민에 사로잡혀 그에게 손을 내밀었다. 하지만, 그의 눈은 이미 예의 그 맹목의 눈으로 변해 있었다. 그는 이미 나를 보지 못하고 있었다. 그는 라이터를 떨어뜨렸다. 그러고는 두 손으로 내 목을 조르기 시작했다.

나는 결코 자살을 할 여자는 아니다. 그러나 나는 그 순간,

웬일인지 그가 하는 대로 내버려 두고 싶은 충동을 느꼈다. 내가 경험한 그 연민과 그 애정이 나를 마치 하나의 피난처로 몰듯, 죽음으로 몰아갔던 것이다. 아마도 그것이 나를 구원하는 길이었던 것 같다. 그래서 나는 잠시 그의 손아귀에서 빠져나오려고 몸부림을 치지 않았다. 그러나 루이스의 손가락이 내 목을 조르자, 난 문득 산다는 것이 나에겐 가장 귀중한 행복이라는 생각이 들었다. 그래서 난 마지막 호흡이 될지도 모르는 절박한 위험 속에서도 그에게 침착하게 이야기하기 시작했다.

"당신이 원한다면야, 루이스…… 하지만, 그건 내게 괴로움을 주는 거예요. 난 당신도 알다시피 늘 인생을 사랑했어요. 그리고 지금도 무척 좋아하고 있지요. 태양과 친구들과 그리고 루이스 당신을……"

그의 손가락은 계속 내 목을 조르고 있었다. 난 차츰 숨이 막혀 오는 것을 느꼈다.

"루이스, 내가 없으면, 당신 어떻게 하겠어요? ……아시지 않아요? 당신, 권태로워질 거예요……. 루이스, 이봐요? 이러지 말아요. 나를 놓아줘요."

그러자 갑자기 그의 손이 내 목을 풀어주었다. 그러더니, 그는 흑흑 흐느껴 울면서 내게로 쓰러졌다. 나는 그의 머리를 편안히 내 어깨 위에 기대게 해주고는 한참 동안, 아무 말 없이 그의 머리카락을 쓰다듬어 주었다.

내 평생을 통해 여러 남자들이 내 어깨 위에 쓰러졌었건만, 루이스의 이 거칠고도 돌연한 남성적인 슬픔보다 더 내 가슴을 움직이게 하고, 내 마음속에 이보다 더 엄숙한 감정을 불러

일으켜준 일은 일찍이 없었다. 그리고 또한 나를 죽였을지도 모를 이 소년의 뜨거운 사랑 만큼 내 가슴속에 사랑을 스며들게 한 사람도 아무도 없었다. 다행히도 내가 논리적인 이론을 단념한 지는 이미 오래 전이었다. 루이스는 폭풍우와 동시에 기운이 빠져 이내 잠이 들었다.

 난 밤이 다 새도록 내 어깨 위에서 잠든 그를 지키며 하늘이 하얗게 밝아 구름이 사라지는 것을, 그리고 마침내는 비에 휩쓸린 땅위에 오만한 태양이 떠오르는 것을 바라보고 있었다. 그것은 내 생애에서 가장 멋진 사랑스런 밤이었다.

16

그 다음 날, 내 목에는 아직도 그 끔찍한 일이 남긴 흔적이 푸르스름하게 여기저기 얼룩져 있었다.

나는 내 생애에 처음으로 거울 앞에 앉아 잠깐 동안 깊은 사색에 잠겨 보았다.

나는 전화 수화기를 들었다. 나는 폴에게 그와 결혼하겠다고 말했다. 폴은 무척 좋아하는 기색이었다.

그러고 나서 나는 루이스에게도 내가 폴과 결혼하기로 했다는 것과, 신혼여행을 위해 잠시 유럽으로 떠나겠으니, 내가 없는 동안 집을 잘 좀 보아 달라는 얘기를 했다.

결혼식은 루이스와 캔디를 증인으로 세우고 10분 동안에 모두 끝났다.

식이 끝난 다음, 나는 짐을 싸고 나서 루이스를 한참 동안 안은 채, 그에게 곧 돌아오마고 약속했다. 그도 나에게 그동안에 얌전히 있겠으며, 일도 열심히 하고 일요일마다 롤스로이스에 뻗어 올라간 풀을 걷어 주겠다고 약속했다.

몇 시간 후에 나는 파리를 향해 날아갔다. 비행기의 창으로

비행기의 은빛 날개가 청회색의 뭉게구름 사이를 헤쳐 나가는 것을 바라보니, 나 자신이 어떤 악몽으로부터 떠오르는 것 같은 느낌이 들었다.

따뜻하고도 억센 폴의 손이 내 손 위에 놓여 있었다.

우리는 파리에 한 달밖에는 머물지 않을 예정이었다. 그러나 제이로부터 이탈리아에서 스크립트 때문에 쩔쩔 매는 나와 같은 불쌍한 노예 한 사람을 찾아가서 도와주라는 전화가 걸려왔다. 한편, 폴은 폴대로 RKB의 또 다른 프로덕션이 있는 런던으로 가서 만나 볼 사람들이 있었다. 그래서 우리는 6개월 동안을 런던, 파리, 로마 등을 쉴새없이 왔다 갔다 했다.

나는 더없이 기뻤다. 나는 수없이 많은 새로운 사람들을 만났으며, 내 딸을 자주 볼 수 있었다. 그리고 이탈리아에서는 수영을 했고, 파리와 런던에서는 술을 마시고 떠들었다. 옷도 머리끝에서 발끝까지 새로 사 입었다.

나는 옛날과 변함없이 유럽을 사랑했다.

가끔 나는 루이스의 편지를 받았다. 그는 정원이며 집이며 롤스로이스에 대한 어린이 같은 얘기를 했으며, 우리가 없는 것을 조심성 있게 불평하는 글도 쓰곤 했다.

감독 매클레이의 죽음으로 해서 루이스의 첫번째 영화는 일을 새로운 방향으로 진전시켰다.

그 영화를 다시 손질하는 일을 맡은 사람은 아주 좋은 감독이었던 찰스 보트였다. 그는 어떤 대목에 가선 완전히 뜯어고친 것 같았다. 그래서 루이스는 그의 카우보이 복장을 새로 맞춰 입었다. 그의 역할도 비중이 더 커진 것 같았다. 그런데도 루이스는 오히려 그것이 불만인듯 내게 편지를 보내왔다.

또 나는 우리가 돌아오기 3주일 전에 그 영화가 놀랄 만큼 좋다는 얘기와, 주연인 루이스 마일스의 연기가 뛰어나서 그가 오스카상賞을 타는 굉장한 행운을 얻었다는 사실을 알고 정말이지 깜짝 놀랐다. 나의 놀라움은 그것으로 끝나지 않았다. 로스앤젤레스에 내리면서 나는 비행장에서 루이스를 보았다.

그는 어린애처럼 나에게 와서 목에 매달린 다음 폴에게 가서 그의 목에 또 매달렸다. 그러고 나서 속상한 듯이 불평을 늘어놓기 시작했다.

사람들이 계속해서 자기를 귀찮게 하고 자기로서는 뭔지 모를 계약을 하자고 쉴새없이 달려들었다는 것이다. 심지어는 폴까지 있는 커다란 집을 빌려 주겠다고 계속해서 사람들이 전화를 걸어온다는 것이었다.

그는 어찌할 바를 모르고 있는 것 같았으며, 몹시 화가 난 것 같았다. 만약 바로 그날, 내가 돌아오지 않았더라면 그는 도망이라도 갔을 것이다.

폴은 큰 소리를 내며 웃었다. 그러나 나는 사실상 그의 안색이 좋지 않았으며, 그가 몹시 여위었다고 생각했다.

오스카상 수상식은 그 이튿날 밤이었다. 온 할리우드 사람들이 정장을 하고 가면을 쓰고 요란하게 그곳에 모였다. 루이스는 오스카상을 탔다.

그는 방심한 얼굴로 무대 위로 올라갔다. 나는 초연하게 장내가 떠나갈 듯한 박수를 살인자에게 보내는 3천 명의 관객을 바라보았다.

사람들은 무엇에나 익숙해지는 법이다.

오스카 시상식이 끝나자, 제이 그랜트가 베푼 화려한 파티가 루이스의 새 집에서 열렸다. 제이는 눈에 띄게 으쓱거리며 나에게 집구경을 시켜주었다. 루이스를 위해 새로 마련한 옷들로 꽉 찬 옷장이며 아마도 루이스에게 준 듯한 새 차들이 자고 있는 차고며, 루이스가 잠자고 거처할 방들을.

루이스는 연방 무엇인가 중얼거리며 내 뒤를 따르고 있었다. 그래서 나는 잠깐 그를 돌아보며 "벌써, 그 전에 입던 작업복들을 다 옮겨놨어요?" 하고 물었다.

그는 무서운 얼굴로 고개를 저었다. 그날 밤의 주인공으로서는 너무나 이상할 정도로 그는 고립되어 있는 것같이 보였다. 그는 내가 이르는 말에도 불구하고 손님들의 접대를 거부하고 내 뒤만 쫓아다닐 뿐이었다. 그래서 나는 몇몇 무례하고도 이상한 눈길이 나에게 쏠리는 것을 의식하기 시작하자, 빨리 그 집에서 빠져나와야겠다고 생각했다. 나는 누군가가 루이스를 붙잡고 떠드는 틈을 타서, 폴의 팔을 잡고 그의 귀에다가 내가 피곤하다는 말을 속삭였다.

우리는 임시라고는 하더라도 우선 내 집에서 살기로 결정했다. 왜냐하면 폴의 아파트는 시내 한복판에 있었는데, 나는 교외가 아니면 생활을 못 했기 때문이다.

새벽 세시쯤 되었었다. 우리는 자동차가 있는 곳까지 몰래 숨어서 나왔다. 나는 불빛이 휘황한 그 거대한 집과, 커다란 풀속에서 반짝이는 수면과, 그리고 창에 비친 사람들의 그림자를 바라보았다. 그리고 나는 생각했다. '불과 1년 전에 어떤 젊은이가 우리들의 차 앞에 쓰러졌을 때에도 우리는 바로 이 길로 해서 집으로 돌아갔었는데……' 하고. 하지만 그 1년이라는 해가 얼마나 다양했던가! 하지만, 어쨌든 만사는 잘 끝나가고 있었다. 물론 프랭크와 루엘라와 볼튼 그리고 매클레이는 제외하고.

폴은 두 대의 새 롤스로이스 승용차 사이를 교묘하게 피하며 차를 뒤로 뺐다가 가만히 앞으로 차를 몰았다.

그런데 바로 1년 전과 똑같이 한 젊은 청년이 헤드라이트의 불 속으로 두 팔을 벌리고 차 앞으로 달려드는 것이 아닌가.

나는 질겁을 해서 외마디 소리를 질렀다. 그러자 루이스가 내 쪽으로 달려와 차의 문을 열고 내 두 손을 잡았다. 그는 마치 한 나뭇잎처럼 마구 떨고 있었다.

"나를 집으로 데려가 주세요" 하고 그는 갈라진 목소리로 말했다. "날 집으로 데려가 주세요. 도로시, 나 혼자 저기 남아 있긴 싫어요."

그는 머리를 내 어깨 위에 기대었다. 그러고 나서 그는 마치 한 대 얻어맞은 사람처럼 길게 숨을 들이마시며 고개를 들었다.

나는 더듬더듬 이렇게 말했다.

"하지만 내 얘길 들어봐요. 루이스, 당신 집은 이젠 여기예요. 그리고 당신을 기다리는 저 모든 사람들이……"

"난 집에 돌아가겠어요."
하고 그는 말했다.

나는 폴을 흘끗 바라보았다. 그는 소리 없이 웃고 있었다. 나는 마지막을 힘을 기울여 "저 불쌍한 제이를 좀 생각해 보세요. 그처럼 애써서 이렇게 만들어 놓은 건데……. 당신이 이렇게 떠나가 버리면 굉장히 노할걸요."

"그 자는 내가 죽여 버릴 거예요."
하고 그는 말했다.

나는 질겁을 했다. 그리고 루이스가 내 옆자리에 앉는 것을 그대로 내버려 두었다.

폴이 차를 움직였다. 우리는 또다시 셋이 같이 떠나게 되었다. 나는 완전히 정신이 얼떨떨했다. 그러면서도 나는 그에게, 오늘 저녁만은 신경이 흥분되어 있고, 또 그럴만도 하니, 오늘 저녁만은 가되, 다시 2, 3일 내로 곧 자기 집으로 돌아갈 것, 그리고 이렇게 으리으리한 집에서 살지 않겠다는 것을 사람들은 이해하지 못할 것이라는 등, 그에게 여러 가지로 설명을 해 주었다. 이를테면 도덕적인 설교를 했다.

"전 당신 집에서 살면서, 저 집으로 모두 함께 수영이나 하러 갔으면 좋겠어요" 하고 그가 이번에는 침착한 목소리로 말했다. 그러더니 이내 내 어깨 위에서 잠이 들었다.

우리는 그를 차에서 끌어내려 그가 쓰고 있던 낡고 작은 방으로 데려가서 침대에 눕혀 놓았다.

그는 눈을 약간 뜨고 나를 쳐다보며 미소를 지었다. 그러고는 편안한 얼굴로 다시 잠이 들었다.

폴과 나는 우리들의 방으로 건너왔다

나는 옷을 벗기 시작했다. 그리고 폴을 돌아보며,

"오랫동안 데리고 있게 될까요?"

하고 물었다.

"평생을 데리고 살아야 할걸" 하고 그는 대수롭지 않게 대답했다. 그는 또 덧붙여 말했다. "당신도 잘 알면서."

그는 웃고 있었다.

나는 약간 반박을 해보았으나 폴이 내 말을 가로막았다.

"당신, 행복하지 않소, 이렇게 사는 게?"

"행복해요, 정말이지."

하고 나는 대꾸했다.

그것은 사실이었다. 하기는 나로서는, 루이스가 가끔 사람을 죽이려 하는 것을 막는다는 일이 굉장히 어려울 것이다. 하지만 '약간의 감시와 운이 있으면…… 잘 되겠지' 하는 막연한 생각이 나의 긴장을 풀어주었다.

나는 콧노래를 부르면서 욕실로 갔다.

연 보

1935년　6월 21일 남프랑스의 카자르크에서 부유한 실업가의 딸로 태어남. 본명은 프랑수아즈 쿠아레François Quoirez.

1954년　소르본대학 재학 중 19세의 어린 나이로 소설《슬픔이여 안녕》을 발표하여 문단에 데뷔. 발표되자마자 선풍적인 인기를 얻어 영·미를 비롯한 세계 각국에서 다투어 번역 출판됨. 문학비평상을 수상함.

1956년　소설《어떤 미소Un certain sourire》발표.

1957년　소설《달이 가고 해가 가면Dans un mois, dans un an》발표.

1959년　소설《브람스를 좋아하세요Aimez-vous Brahms…》발표. 'Goodbye Again'이란 제목으로 영화화됨.

1960년　희곡《스웨덴의 성Un Château en Suède》발표.

1961년　소설《신기한 구름Les merveilleux nuages》, 희곡《때때로 바이올린을Les violons parfois…》발표.

1963년　희곡《발란틴의 연보랏빛 옷La robe mauve de Valentine》발표.

1964년　희곡《행복과 막다른 골목과 통행로》발표.

1965년　소설《열애La Chamade》발표.

1969년　소설《찬물 속의 한줌 햇살Un peu de soleil dans l' eau froide》발표.

1972년　소설《영혼의 상처Des bleus à l' âme》발표.

1975년　단편집《길모퉁이의 카페Le coin du café》,《흐트러진 침대》발표.

1985년　테마별로 묶은 에세이집《환희와 고통의 순간들》발표.

1989년　소설《황금의 고삐》발표.

□ 옮긴이 소개

불문학자, 번역문학가. 서울대 불문과 졸업.
파리대에서 불문학 연구 경희대 교수.
한국번역가협회 회장.

역서로는 《구토》, 《레 미제라블》, 《비계 덩어리》,
《모파상 단편집》 등이 있음.

마음의 파수꾼

1978년 9월 5일	초 판 1쇄 발행	
1985년 12월 30일	2 판 1쇄 발행	
1990년 10월 15일	증보판 1쇄 발행	
1999년 11월 15일	3 판 1쇄 발행	

지은이   F.   사   강
옮긴이   방   곤
펴낸이   윤   형   두
펴낸데   **범   우   사**

출 판 등 록   1966. 8. 3. 제 406—2003—048호
(413-832) 경기도 파주시 교하읍 문발리 535-10
전 화 대 표   031-955-6900~4 / FAX 031-955-6905

* 책값은 뒤표지에 있습니다.
* 파본은 교환해 드립니다.   교정·편집/김혜연·안현경·윤아트
ISBN 89-08-03313-0 04860   (홈페이지) http://www.bumwoosa.co.kr
      89-08-03202-9 (세트)   (E-mail) bumwoosa@chol.com

온고지신(溫故知新)으로 21세기를!

범우고전선

시대를 초월해 인간성 구현의 모범으로 삼을 만한 책을 엄선

1	유토피아 토마스 모어/황문수	32	펠로폰네소스 전쟁사(하) 투키디데스/박광순
2	오이디푸스 王 소포클레스/황문수	33	孟子 차주환 옮김
3	명상록·행복론 M.아우렐리우스·L.세네카/황문수·최현	34	아방강역고 정약용/이민수
4	깡디드 볼떼르/염기용	35	서구의 몰락 ① 슈펭글러/박광순
5	군주론·전술론(외) 마키아벨리/이상두	36	서구의 몰락 ② 슈펭글러/박광순
6	사회계약론(외) J. 루소/이태일·최현	37	서구의 몰락 ③ 슈펭글러/박광순
7	죽음에 이르는 병 키에르케고르/박환덕	38	명심보감 장기근
8	천로역정 존 버니연/이현주	39	월든 H. D. 소로/양병석
9	소크라테스 회상 크세노폰/최혁순	40	한서열전 반고/홍대표
10	길가메시 서사시 N. K. 샌다즈/이현주	41	참다운 사랑의 기술과 허튼 사랑의 질책 안드레아스/김영락
11	독일 국민에게 고함 J. G. 피히테/황문수	42	종합 탈무드 마빈 토케이어(외)/전풍자
12	히페리온 F. 횔덜린/홍경호	43	백운화상어록 백운화상/석찬선사
13	수타니파타 김운학 옮김	44	조선복식고 이여성
14	쇼펜하우어 인생론 A. 쇼펜하우어/최현	45	불조직지심체요절 백운선사/박문열
15	톨스토이 참회록 L. N. 톨스토이/박형규	46	마가렛 미드 자서전 M.미드/최혁순·최인옥
16	존 스튜어트 밀 자서전 J. S. 밀/배영원	47	조선사회경제사 백남운/박광순
17	비극의 탄생 F. W. 니체/곽복록	48	고전을 보고 세상을 읽는다 모리야 히로시/김승일
18-1	에 밀(상) J. J. 루소/정봉구	49	한국통사 박은식/김승일
18-2	에 밀(하) J. J. 루소/정봉구	50	콜럼버스 항해록 라스 카사스 신부 엮음/박광순
19	팡 세 B. 파스칼/최현·이정림	51	삼민주의 쑨원/김승일(외) 옮김
20-1	헤로도토스 歷史(상) 헤로도토스/박광순	52-1	나의 생애(상) L. 트로츠키/박광순
20-2	헤로도토스 歷史(하) 헤로도토스/박광순	52-2	나의 생애(하) L. 트로츠키/박광순
21	성 아우구스티누스 고백록 A. 아우구스티누/김평옥	53	북한산 역사지리 김윤우
22	예술이란 무엇인가 L. N. 톨스토이/이철	54-1	몽계필담(상) 심괄/최병규
23	나의 투쟁 A. 히틀러/서석연	54-1	몽계필담(하) 심괄/최병규
24	論語 황병국 옮김	55-1	연대기(상) 타키투스/박광순
25	그리스·로마 희곡선 아리스토파네스(외)/최현	55-2	연대기(하) 타키투스/박광순
26	갈리아 戰記 G. J. 카이사르/박광순	56-1	사기(상) 사마천/이영무
27	善의 연구 니시다 기타로/서석연	56-2	사기(중) 사마천/이영무
28	육도·삼략 하재철 옮김	56-3	사기(하) 사마천/이영무
29	국부론(상) A. 스미스/최호진·정해동	57	해동제국기 신숙주/신용호(외)
30	국부론(하) A. 스미스/최호진·정해동		
31	펠로폰네소스 전쟁사(상) 투키디데스/박광순		▶ 계속 펴냅니다

범우사 서울시 마포구 구수동 21-1호 TEL 717-2121, FAX 717-0429
http://www.bumwoosa.co.kr (E-mail) bumwoosa@chollian.net